www.ingramcontent.com/pod-product-compliance
Lightning Source LLC
LaVergne TN
LVHW050954051026
849532LV00005B/1836
* 9 7 8 9 3 5 8 7 2 7 5 7 9 *

دعوت نامہ

(افسانے)

مرتبہ:

ادارۂ ادبیاتِ اردو

Dawat Nama *(Afsane)*

Edited by: Idara-e-Adabiyat-e-Urdu

Edition: November '2023

Publisher:

Taemeer Publications LLC (Michigan, USA / Hyderabad, India)

ISBN 978-93-5872-757-9

کتاب	:	**دعوت نامہ**
مرتب	:	**ادارۂ ادبیاتِ اردو**
صنف	:	فکشن
ناشر	:	تعمیر پبلی کیشنز (حیدرآباد، انڈیا)
سالِ اشاعت	:	۲۰۲۳ء
صفحات	:	۵۴
سرورق ڈیزائن	:	تعمیر ویب ڈیزائن

فہرست

تعارف

ادارۂ ادبیات اردو کا قیام سابق ریاست حیدرآباد دکن میں ۱۹۲۰ء میں ہوا تھا۔ یہ ادارہ شہر حیدرآباد کے علاوہ ریاست دکن کے دیگر اضلاع میں اردو زبان و ادب کے فروغ کا کام کرتا تھا اور ریاست دکن کے اضلاع میں بھی اس کی شاخیں قائم تھیں۔ یہ ایک طرح کی ادبی تحریک تھی جس کے روح رواں اور بانی مشہور محقق ڈاکٹر محی الدین قادری زور تھے۔

اردو زبان و ادب کی توسیع اور حفاظت، اردو کو مختلف علوم و فنون سے روشناس کرانا، سرزمین دکن میں اردو زبان و ادب کا صحیح ذوق پیدا کرنا، تاریخ دکن کی خدمت اور ملک کے تاریخی اور ادبی آثار کی حفاظت اور تصنیف و تالیف میں رہبری اور مدد جیسے عوامل اس ادارہ کے مقاصد میں شامل تھے، جو برسہا برس سے بحسن خوبی انجام پا رہے ہیں۔ ادارۂ ادبیات اردو آج کے دور میں بھی اپنی مطبوعات اور رسائل کے لیے شہرت رکھتا ہے۔ رسالہ "سب رس" اسی ادارے کی دین ہے۔ رسالہ "سب رس" کے ۲۰۲۱ء کے چند شماروں سے اخذ کردہ افسانوں کا ایک انتخاب اِس کتاب کے ذریعے پیش خدمت ہے۔

گلزار جاوید

برہا کے گیت

کچھ دنوں سے ہمیں عجیب و غریب خواب نظر آنا شروع ہو گئے ہیں۔ خواب تو ہمیں اکثر عجیب و غریب ہی نظر آتے تھے، مثلاً کبھی ہم خود کو اندھے کنویں میں گرتا دیکھتے، کبھی وطن مالوف کی سیر کی دوران کسی نادیدہ جرم کی پاداش میں دھر لیے جاتے، کبھی ایسا بھی ہوتا کہ خواب میں ہمارے پَر اُگ آتے اور ہم آسمانوں کی جانب اونچی بہت اونچی اُڑان بھر کر واپسی کا راستہ بھول جاتے، ایسے میں کوئی غیبی آواز ہمارے کانوں میں گونجتی مگر اُس کے الفاظ مانوس ہوتے ہوئے بھی ہماری سمجھ سے بالاتر ہوتے۔ ایک بار! ہاں ایک بار ایسا بھی ہوا کہ ہم حکیم لقمان کی پیروی میں موت کے فرشتے کو جُل دے کر زمانے بھر کی خاک چھاننے کے بعد واپس جب اپنے گھر لوٹے تو ہمارا جسدِ خاکی سفرِ آخرت کی جانب گامزن تھا۔

گذشتہ رات نظر آنے والے خواب کی نوعیت کچھ ایسی ہے جس کا ذکر ہم، بڑی عمر کے عزیزوں، رشتہ داروں اور پڑوسیوں سے بارہا سن چکے ہیں۔ نہ صرف سن چکے ہیں بلکہ اُس کی ٹھیک ٹھیک تعبیر بھی ان گنہگار آنکھوں نے ایک سے زائد بار دیکھی ہے۔

کئی دنوں سے بی جی ہر رات سفید لباس میں ملبوس ہمارے خواب میں وارد ہو کر دونوں ہاتھ بڑھائے ہمیں اپنے ساتھ چلنے کی ترغیب دے رہی ہیں۔ جیسے ہی ہم بی جی سے کوئی سوال کرنے کی غرض سے اپنے لبوں کو جنبش دینے کی کوشش کرتے ہیں تو فوراً ہماری آنکھ کھُل جاتی ہے۔

بچپن سے دیکھتے اور سنتے آئے ہیں کہ شدید بیمار اور بزرگ لوگوں کو جب اس طرح کے خواب نظر آنا شروع ہو جائیں یعنی اُن کے مرحوم اعزاء، والدین یا بہن بھائی سفید لباس میں ملبوس اُن کے خواب میں آ کر اپنے ہمراہ چلنے کی ترغیب دیں تو اس کا مطلب ہے خواب دیکھنے والے کا سفرِ آخرت آن پہنچا۔

جس دن سے ہم یہ خواب تواتر سے دیکھ رہے ہیں اُس دن سے ہمارے ذہن میں یہی ایک خیال رہ رہ کر آ رہا ہے، کیا ہم مرنے والے ہیں؟ بظاہر ساٹھے پاٹھے دکھائی دینے والے ہم جیسے لوگ جوانی کا دم بھرتے اور زندگی سے لطف لیتے اکثر دیکھے گئے ہیں۔ تو پھر بی جی! ہماری اپنی مہربان، شفیق اور جانثار بی جی اپنے چہیتے کو موت کی وادیوں میں کیوں لے جانا چاہتی ہیں؟

ٹھہریے! ہمارا اور آپ کا اس مکان پر کچھ دیر کے لیے ٹھہرنا اور ٹھہر کر یہ سوچنا بہت ضروری ہے کہ ایک انسان کو اُس کی زندگی میں موت کتنی بار آیا کرتی ہے یا آ سکتی ہے؟ آپ کی، ہماری سوچ کا نتیجہ اگر ایک ہے تو پھر ایک سوال یہاں یہ پیدا ہوتا ہے کہ ایک مردہ شخص جو برسوں بلکہ عشروں پہلے کم سنی میں موت سے ہم آغوش ہو چکا ہے دوبارہ کیونکر مر سکتا ہے؟ اس مسئلے کا ایک نہایت سادہ حل یہ ہے کہ کچھ دیر کے لیے آپ ہمارے اور بی جی کے ماضی سے ہمکلام ہو جائیں۔ اس کے بغیر آگے بڑھنا ایک طرح سے اندھیری گلی میں سفر کرنے کے مترادف ہوگا۔ جی ہاں! اندھیری گلی جس میں مسافر ایک ہی جگہ دائیں، بائیں، آگے، پیچھے ہونے کے باوجود ایک انچ بھی آگے نہیں بڑھ پاتا مگر اپنی دانست میں اس کا سفر جاری رہتا ہے۔

ہماری یادوں کا سلسلہ، دراز قد، چھریرا بدن، گھنی مونچھوں اور آنکھوں پر موٹا چشمہ لگائے سخت گیر مگر کم گو اور اصول پسند ڈاکٹر والد صاحب اور سراپا محبت و اپنائیت، ہنس مکھ، ملنسار اور محنتی والدہ سے شروع ہو کر چھ بہن بھائیوں کے علاوہ خاندان کے دیگر بزرگوں، محلے داروں، پڑوسیوں کی طویل قطار کے بعد بی جی

پر جا کر ختم ہو جاتا ہے۔

اس وقت بی جی کی عمر جوانی اور بڑھاپے کا حسین امتزاج پیش کرتی تھی۔ کبھی کبھی فکر مندی یا تھکن کے باعث بڑھاپا اُن کے چہرے پر ناجائز قبضہ جمانے کی کوشش کرتا تو دوسرے لمحے، دوسرے پل کبھی کبھی دوسرے دن آرام، اطمینان اور عبادت کی شمع سے روشنی پا کر بی جی کے چہرے کا نور ایک بار پھر سے جگمگ ،جگمگ کرنے لگتا۔ بی جی سرتاپا خوبصورتی اور خوب سیرتی کا چلتا پھرتا، جیتا جاگتا نمونہ تھیں۔ بچپن سے جوانی کی دہلیز پر قدم بڑھاتی تین معصوم بیٹیوں اور بوڑھی ماں کے ساتھ جس وقار اور اعتبار سے بی جی بیوگی کے دن گزار رہی تھیں اُس کی مثال دُور، دُور تک دستیاب نہ تھی۔

گھر کی ابتدائی تعلیم کے بعد مسئلہ جب اسکول میں داخلے کا درپیش ہوا تو ہمارے ساتھ دادا دادی نے بہت واویلہ مچایا جس کا حل والد صاحب نے ایک ملازم کی شکل میں فراہم کر دیا۔ ملازم کی ذمہ داری ہمیں اسکول لے کر جانا اور تمام وقت باہر بیٹھ کر ہمارا انتظار کرنا تھا۔ آدھی چھٹی کے درمیان والد صاحب کے حکم کے مطابق ملازم کی ڈیوٹی اپنے ہاتھ سے ہمیں گھر کی بنی چُوری یا انڈہ پراٹھا کھلانا بھی تھا مگر ہم ہر روز ملازم کے ہاتھ سے ڈبہ چھین کر لے جاتے اور دوستوں کے ہمراہ مل بانٹ کر کھاتے۔

یوں تو ہمیں کم سنی میں بی جی کے گھر جانے کا بارہا اتفاق ہوا تھا مگر بی جی کے گھر کا محل وقوع ہمارے لئے قطعی اجنبی تھا۔ اُس روز اسکول سے واپسی پر پیٹ میں درد کے باعث ہمارے کپڑے خراب ہو گئے اور ہم نے زور، زور سے رونا شروع کر دیا تو ملازم ہمیں تسلّی دیتے ہوئے نزدیک ہی واقع بی جی کے گھر لے گیا۔ ملازم کی کوشش تھی کہ وہ ہمیں اپنے ہاتھوں سے نہلائے دھلائے مگر بی جی نے اُس غریب کو ڈانٹ پلا کر برآمدے میں بٹھا دیا۔ بی جی نے اپنے ہاتھ سے نہ صرف ہمارے کپڑے، جسم، منہ، ہاتھ دھلایا بلکہ ہمارے سر میں تیل، کنگھا اور آنکھوں میں سرمہ لگا کر دودھ کا بڑا سا پیالہ ہمارے سامنے رکھتے ہوئے سارے کا سارہ پینے کا حکم صادر کر دیا۔ درمیانی لڑکی جو صحن میں رسی ٹاپ رہی تھی کو دودھ کا دوسرا پیالہ تھماتے ہوئے ملازم کو پہنچانے کا کہا۔ چلتے وقت ملازم بی جی کی ہر بات پر ''جی آپا جی، جی آپا جی'' کہہ کر سر مارتا رہا۔ اُس دن کے بعد اسکول سے واپسی پر ہر روز ہمارا پڑاؤ بی جی کے گھر ٹھہر کر لسّی، پانی پیتا اور کچھ دیر سستا کر اپنے گاؤں کے لیے روانہ ہوتا۔

بی جی کے گھر پڑاؤ کا سلسلہ زیادہ پرانا نہ ہوا تھا کہ ایک دن واپسی پر بی جی کی نظر ہماری ناک پر لگے زخم پر مرکوز ہوگئی۔ بی جی نے ڈانٹ کر زخم کی بابت دریافت کیا تو ہم نے اُس لڑکے کا نام صاف، صاف بتا دیا جس نے کھیل کے دوران ہماری ناک پر مکّا جڑ دیا تھا۔ پہلے تو بی جی نے ملازم کو اندر بلا کر خوب جھاڑ پھٹک کی اور آئندہ کے لیے چوکنا رہنے کی تاکید کرتے ہوئے دوسری صبح اسکول جانے سے پہلے اپنے گھر بلانے کا کہا۔ اگلی صبح ہم دو نہیں تین افراد اسکول کی جانب گامزن تھے۔ آگے آگے بی جی شیرنی کی مانند قدم بڑھا رہی تھیں پیچھے پیچھے ڈرا سہما ملازم دُم دبائے چل رہا تھا اور ہم ان دونوں کے آگے پیچھے اُچھل کُود کرتے ہوئے فاتح کی مانند آگے بڑھ رہے تھے۔

اسکول میں بی جی کی آمد بجائے خود بڑی خبر تھی اُس پر بی جی کا غصہ پورے اسکول کے لئے پریشانی کا باعث تھا۔ ماسٹر، ہیڈ ماسٹر، کلرک، چپڑاسی سب آگے بڑھ بڑھ کر بی جی کو اس طرح صفائی دے رہے تھے جیسے سب کے سب مجرم ہوں۔ اتفاق سے اُس روز خوف کے باعث مذکورہ لڑکا اسکول نہ آیا تھا ورنہ بی جی اُس کے والدین کی طلبی، ڈانٹ ڈپٹ اور معافی سے کم پر قطعی راضی نہ ہوتیں۔

ملازم کے ساتھ اسکول جانے کا سلسلہ تیسری جماعت

تک جاری رہا جس کے بعد ہم گاؤں کے دیگر بچوں کے ہمراہ اسکول جانے لگے۔ واپسی پر بی جی کے گھر مختلف دوستوں کے ساتھ ٹھہرنا لازمی تھا جہاں ہمارے ساتھ دوستوں کی خاطر مدارات اُسی طرح کی جاتی جس طرح ہماری ہوا کرتی تھی۔ سال چھ مہینے تک دوست اور ہم جماعت یہ کہہ کر ساتھ چھوڑ گئے کہ گھر پہنچنے میں دیر ہو جاتی ہے جس کے باعث گھر والے ناراض ہوتے ہیں۔ اس کے بعد ہماری پوری دو پہر بی جی کے گھر گزرتی۔

بی جی باقاعدگی سے ہمارا ہاتھ منہ دھلانے، کھانا کھلانے اور کچھ دیر سُلانے کے بعد بستہ کھول کر ہمارا ہوم ورک چیک کرتیں اور اکثر اپنے سامنے بیٹھا کر باری، باری اپنی لڑکیوں کو بلا کر ہماری مدد کی تاکید کیا کرتیں۔ شام کے وقت کوئی نہ کوئی گھوڑا تانگہ، بیل گاڑی ہمارے گاؤں کی جانب آتی تو بی جی تاکید کر کے ہمیں اُس کے ہمراہ گاؤں کے لیے روانہ کرتیں۔ جس دن کوئی گھوڑا تانگہ یا بیل گاڑی دستیاب نہ ہوتی اُس روز بی جی خود ہمیں لے کر ہمارے گاؤں کی جانب چل پڑتیں۔ کبھی درمیان میں گھر کا کوئی فرد یا ملازم ہمیں لینے آ جاتا، کبھی بی جی ہمیں خود چھوڑ کر جاتیں۔

بی جی! صاحب حیثیت تھیں نہ غریب، والدین اور مرحوم شوہر کی طرف سے ترکہ میں ملنے والی زمین بٹائی پر دے کر صابر و شاکر سفید پوشی کا بھرم خوش اسلوبی سے رکھے ہوئے تھیں۔ بی جی پیر تھیں، صوفی نہ ولی، وید تھیں، حکیم نہ ڈاکٹر اس کے باوجود گاؤں کی ہر عمر کی خواتین کو کسی بھی طرح کی مشکل، پریشانی یا اُلجھن کا سامنا ہوتا تو سیدھی بی جی کے گھر کا رُخ کرتیں۔ والدہ کے انتقال اور اوپر تلے کی دونوں لڑکیوں کی شادی کے بعد بی جی پر کام کا بوجھ بہت بڑھ گیا تھا۔ پو پھٹنے سے لے کر رات کی سیاہی تک اُن کے گھر خواتین کا جھمیلہ رہا کرتا۔ قریشئے کا، کام کپڑے کی کٹائی، سلائی، رنگائی حتیٰ کہ سوئیاں، بڑیاں، اچار اور گائے، بھینس، بکری کی بیماری پر بی جی سے مشاورت کرنا گاؤں کی خواتین کا معمول تھا۔ بی جی ہر کسی کو اُتنی توجہ اور دھیان سے سُنتیں جس قدر آنے والی خاتون توقع لے کر آتی۔ شرط صرف یہ تھی کہ اُن کے چہیتے یعنی ہمارے لیے پیار محبت اور تعریف کے چند بول ضرور بولے جائیں اور اگر اتفاق سے کوئی ہمارے لئے کھانے پینے یا کھیلنے کی کوئی چیز لے آتی تو بی جی کا بس نہ چلتا کہ بی جی اُسے سر پہ بٹھا لیتیں۔

ٹھہریے! ایک دور بی جی پر ایسا بھی آیا جب انہوں نے گاؤں کی تمام حاجت مند خواتین سے منہ موڑ کر صرف ایک ضرورت مند کو اپنی توجہ کا مرکز بنالیا۔ جس طرح آج کل سیلاب، زلزلے اور طرح طرح کے وائرس کی بابت لوگ باگ اپنے فہم کے مطابق قیاس آرائیاں کرتے اور کسی خاص ملک، قوم یا سپر پاور کو موردِ الزام ٹھہراتے ہیں، اُس زمانے میں بھی پھیلنے والی چیچک، ہیضہ اور پلیگ کی وبا کو انگریز حکومت کی کارستانی ٹھہرایا جاتا تھا۔ طرح طرح کی ضعیف العتقادی بھی سننے میں آتی تھی۔ کوئی کہتا یہ وبائیں بھیڑ، بکری، کتا یا بلی وغیرہ کا روپ دھار کر گھروں میں گھُستے اور پٹا پٹ اُس گھر کے مکینوں کو لقمہ اجل بنا کر دوسرے گھر کی راہ لیتے ہیں۔ کسی کے خیال میں انگریز سرکار حد سے بڑھتی ہوئی آبادی کو روکنے کے لیے یہ حربہ اختیار کرتی ہے۔ کچھ لوگوں کا کہنا تھا کہ یہ عمل مخالفین کی آبادیاں کم کرنے کے لیے آزمایا جاتا ہے۔

والد صاحب کے علاج اور والدہ کی احتیاط کے باوجود ہماری چیچک کسی طرح ٹھیک ہونے کا نام نہیں لیتی تھی۔ پہلے پہل بی جی روز کے روز صبح آ کر شام تک ہمارے پاس رہتیں اور ہر طرح سے ہماری دیکھ بھال کیا کرتیں۔ یہ سلسلہ ایک ہفتے تک جاری رہا جس کے بعد بی جی نے اپنے گھر جانا اور وہاں کی خیر خبر تک لینا چھوڑ دیا۔ بی جی کے حکم پر والد صاحب کا ولایتی علاج بند کر کے خاص قسم کی سوکھی لکڑیوں کا گنڈا بنا کر ہمارے گلے میں ڈالا گیا اُس کے بعد مٹی کے نئے نکور برتن میں خاکسیر کا پانی وقفے وقفے سے پلایا جاتا اور اُس کے بعد منقہ کھلائی جاتی۔ سر کی مالش پیروں کے تلوؤں کی

سہلائی اور طرح طرح کی احتیاط اُس وقت تک جاری رہی جب تک ہم مکمل صحت یاب نہ ہو گئے۔ اس سارے عمل میں اہم بات یہ ہے کہ ہماری والدہ بھی بیماری کے دوران ہر وقت ہمارے قریب رہا کرتیں مگر بی جی نے اپنا بستر ہمارے پلنگ کے ساتھ مستقل طور سے زمین پر لگا لیا تھا۔ جب بھی کوئی شخص بی جی سے آرام کرنے اور اپنے گھر کی خیر خبر لینے کی درخواست کرتا تو بی جی کا ایک ہی جواب ہوتا ''میں تو تب ہی یہاں سے ہلوں گی جب میرا بچہ صحت یاب ہو جائے گا''۔

ہمارے ٹھیک ہونے کے بعد جس قدر شکر، نذر نیاز اور خیرات صدقات بی جی نے دیئے شاید ہی کسی اور نے دیئے ہوں۔ گھر والے اکثر بی جی کی قربانی اور ہم سے اُن کی محبت کی مثال یہ کہہ کر دیا کرتے ''بی جی تو پھر بی جی ہیں، اسے دیکھو ماں باپ کے ہوتے ہوئے نیند اور بیماری میں صرف بی جی کو ہی پکارتا ہے''۔

ہر چند ہمارے گھر میں اوپر والے کا دیا بہت کچھ تھا مگر بی جی کے گھر میں دودھ، دہی، گھی، شکر، گڑ، گنا، اچار، پھل اور مٹھائی کا جب بھی گزر ہوتا سب سے پہلے اُس میں سے ہمارا حصہ نکالا جاتا اور گاؤں کے اکلوتے حلوائی ''گھنٹے والے'' سے ہماری پسند کی خالص کھوئے والی آدھ پاؤ برفی بی جی کے نعمت خانے میں اس اہتمام سے رکھی جاتی کہ اُن کی اپنی اولاد کو اُسے چکھنے یا ہاتھ لگانے کی اجازت نہ ہوتی۔

لاڈ پیار تو بی جی شروع دن سے ہمارے ساتھ اپنی اولاد سے بڑھ کر کیا کرتیں مگر بیماری کے بعد اُن کے برتاؤ میں اور شدت آ گئی تھی۔ ہر روز اسکول سے واپسی پر ہم اپنی تختی ایک طرف اور بستہ دوسری طرف اچھال کر جوتوں سمیت بی جی کے باورچی خانے میں جا گھستے۔ بی جی ہمیں کچھ کہنے کے بجائے اپنی بیٹی کو ڈانٹ کر بلاتیں اور کہتیں ''بھائی کے لئے رکھی چیز دیتی کیوں نہیں'' جواب میں بی جی کی بیٹی کہتی ''اسی کا، کام تو کر رہی ہوں'' مراد ہماری تختی پوتنا یا لکھنا ہوتا۔ بی جی تڑ کی بہ تڑ کی میں اُس بیچاری کو شاباش دینے کے بجائے ڈانٹ پلا کر کہتیں ''کر رہی ہے تو کونسا احسان ہے، بہنیں تو بھائیوں کے لیے نجانے کتنی قربانیاں دیتی ہیں، یہ تو ویسے بھی تیرا چھوٹا بھائی ہے'' یہ کہتے ہوئے بی جی گود میں سمیٹ کر ہمارے موٹے موٹے گالوں کو چوم کر نہال ہو جاتیں۔

گاؤں کی زندگی سادہ، سچی اور ضروریات مختصر ہوا کرتیں ہیں۔ اس کے باوجود کچھ دنوں سے گاؤں میں عجب طرح کا بدلاؤ، بے چینی اور خوف در آیا تھا۔ گھروں، دکانوں اور چوپالوں پر لوگوں کی گفتگو میں نئے نئے موضوعات اور فکر مندی کا پہلو نمایاں ہونے لگا تھا۔ باوجود اس کے بی جی کی سب سے چھوٹی اور آخری لڑکی، جوانی کی دہلیز پر پہلا قدم ہی رکھ پائی تھی کہ والد صاحب اور گاؤں کے دیگر بزرگوں کے اصرار پر بی جی نے قریب کے گاؤں میں ایک پڑھے لکھے گھرانے کے لڑکے سے اُس کا رشتہ طے کر دیا۔ شادی کچھ دنوں بعد طے پائی تھی مگر حالات جس تیزی سے رُخ بدل رہے تھے اُسے دیکھتے ہوئے والد صاحب نے فوری طور پر بیٹی کی رُخصتی کرنے کا کہا ۔ بی جی والد صاحب کو بڑے بھائی سے زیادہ باپ کا درجہ دیا کرتی تھیں۔ فوری طور پر ''جی بھائی صاحب'' کہہ کر ہمارا ہاتھ تھاما اور ملازم کو تانگہ لانے کا حکم دیا۔ حالات کی سنگینی کے باعث والد صاحب نے ہماری والدہ کو بھی ساتھ کرتے ہوئے ملازم کو پہلی بار اپنی اکلوتی بندوق تھماتے ہوئے ہوشیار رہنے کی تاکید کی۔

آپ نے دولہا کی جانب سے شہہ بالا اکثر دیکھا ہوگا! دلہن کی جانب سے ہم پہلے شخص تھے جسے شہہ بالے کا درجہ دیا گیا۔ دولہا میاں والدین کی اکلوتی اولاد نرینہ تھے لہٰذا اُن کے گھر میں دُور، دُور تک شہہ بالے کا کوئی اُمیدوار نہ تھا۔ اس سے قبل شادیاں ہمارے بھائی بہنوں کی بھی ہوئی تھیں اور بی جی کی دونوں بڑی لڑکیوں کی شادی خانہ آبادی بھی ہمیں خواب کی طرح یاد تھی۔ اس شادی میں تو ہماری خاطر دولہا سے بڑھ کر ہو رہی تھی۔ بارات

والے دن طرح طرح کے کھانے اور مٹھائی ہماری خوشی کو دوبالا کرنے کے لیے کافی تھے۔ اضافی طور پر شہہ بالا وہ بھی دوہرا یعنی ہم دلہن کے پاس جائیں تو اُس کے پہلو میں سب سے آگے ہمیں جگہ دی جائے، دولہا کے قریب ہوں تو سب کی توجہ کا مرکز ٹھہریں۔ غرض اس شادی میں ہماری حیثیت بہت ہی خاص مہمان کی تھی۔ اُس روز جس قدر کھانے، مٹھائی اور پکوان ہم نے دیکھے اور کھائے اس سے قبل کبھی دیکھے نہ کھائے تھے اور نہ بیک وقت ہمارے حصے میں اتنے ڈھیر سارے پیسے آئے تھے جتنے اُس روز ہماری جیبوں میں ٹھسا ٹھس بھرے ہوئے تھے۔

اکلوتی اور آخری بیٹی کی جدائی اور بی جی کا تنہا رہ جانا بجائے خود بڑا صدمہ تھا مگر بی جی نے جس طرح مردانہ وار حالات کا مقابلہ کر کے زندگی کا رخ موڑا تھا اُسی طرح بہادری سے اس صدمے کو بھی سہہ کر لوگوں کو حیران کر دیا۔ اب اُن کی توجہ کا مرکز صرف ہماری ذات تھی۔ جب کوئی بی جی کی تنہائی کا ذکر کرتا تو وہ ہمیں گود میں بھرتے ہوئے کہتیں ''تنہا ہوں میرے دشمن، میں کاہے کو تنہا ہونے لگی، رب سلامت رکھے میرے بیٹے کو''۔

گاؤں کی زندگی ہر گزرنے والے دن کے ساتھ پُر اسرار اور غیر محفوظ ہو رہی تھی۔ گزرنے والا ایک ایک لمحہ اپنے اندر ایک نئی کہانی، ایک نیا خوف، ایک نیا اندیشہ لیے آتا جس نے گاؤں والوں کی نیندیں حرام کر دی تھیں۔ کچھ لوگ حالات کا رخ بدلنے کے لیے پُر عزم تھے، کچھ لوگ مقابلے کی تیاری کر رہے تھے اور کچھ حالات کو اپنی مرضی کا رخ دے کر ایک نیا کھیل کھیلنے کے خواہش مند تھے۔ زندگی ایک طرح سے ٹھہر گئی تھی۔ کاروبار ٹھپ اور تعلیمی ادارے سُنسان ہو رہے تھے۔ ابتداء میں جو لوگ اپنی جائیداد، مال و دولت کے لیے فکرمند تھے اب اپنی آبرو اور جان کو لاحق خطرات سے دوچار تھے۔ کچھ لوگوں نے رات کی تاریکی میں اونے پونے اپنے مال مویشی اور گھر بار کا سودا بھی کر لیا تھا۔ بی جی نے جب والد صاحب کے منہ سے اس طرح کے خیالات سُنے تو وہ ایک دم سے آگ بگولہ ہو کر کھڑی ہو گئیں۔ پہلی بار! پہلی بار بی جی نے والد صاحب کے سامنے، زمین پر لاٹھی مارتے ہوئے اونچی آواز میں کہا ''کسی میں جرأت ہے جو میرے بھائی یا اس کے خاندان کی جانب میلی آنکھ سے دیکھے!''

دوسری صبح ہم لوگ سو کر اٹھے تو کیا دیکھتے ہیں کہ گھر کے تمام افراد ضروری سامان اکٹھا کرنے اور باندھنے میں مصروف ہیں۔ اُن کے درمیان ہونے والی گفتگو سے جو سُن گُن مل سکی وہ یہ تھی کہ حالات کی سنگینی کو سامنے رکھتے ہوئے والد صاحب اور ہمارے علاوہ گھر کے تمام افراد محفوظ علاقے میں منتقل ہو جائیں۔ والد صاحب اپنے مریضوں اور ہمیں بی جی کے سبب موجودہ قیام گاہ میں رہنا تھا۔ باری، باری گاؤں کے بڑے بوڑھے والد صاحب کو اپنا فیصلہ بدلنے اور بھرپور اخلاقی امداد مہیا کرنے کا یقین دلاتے جواب میں والد صاحب اس سارے عمل کو عارضی یا حفاظتی اقدام کہہ کر گاؤں والوں کا شکریہ ادا کر کے اُنہیں اطمینان دلانے کی کوشش کرتے۔ یہ ایسا عمل تھا جو ہم بچوں کے ساتھ بڑوں کے لیے شاید زندگی کا پہلا اور انوکھا تجربہ کہا جا سکتا تھا۔ اس تجربے کے دوران جس طرح کے جذباتی مناظر دیکھنے اور سننے میں آئے آج کی فلم اور ڈرامے میں اس کا عشرِ عشیر بھی نہیں دکھایا جاتا۔ دکھایا بھی کیسے جا سکتا ہے حقیقت اور افسانے میں کچھ فرق تو بہر حال ہونا ہی چاہیے۔

اہلِ خانہ سے بچھڑنے کے بعد ہمارے دل میں کسی طرح کا ملال، افسوس یا خوف ہرگز پیدا نہ ہوا تھا۔ ہماری تو ایک طرح سے عید ہو گئی تھی۔ گھر والوں کی موجودگی میں تھوڑی بہت ڈانٹ ڈپٹ اور پڑھنے پڑھانے کی تاکید کا سلسلہ سرے سے ختم ہو گیا تھا۔ اب سارا دن بی جی کا پلّو پکڑے گاؤں کے گلی، کوچوں اور چباروں کی سیر ہوا کرتی۔ جو سراسیمگی اور خوف گھر والوں کے جانے

سے پہلے گاؤں کی گلی کوچوں میں پھیل چکا تھا وہ کم ہونے کی بجائے روز بروز بڑھتا جا رہا تھا۔ چور اُچکّوں، اٹھائی گیروں، بہروپیوں اور سماج کے نام نہاد ٹھیکیداروں کی بن آئی تھی۔

اس روز شام سے ہی گاؤں میں ہُو کا عالم تھا۔ آسمان پر ابابیلوں کا راج تھا۔ امن کے نمائندہ طوطے، بلبل، کبوتر اور فاختائیں نجانے کہاں گُم ہو گئے تھے ایسا لگتا تھا کہ سارے کا سارا گاؤں گھروں میں دبک کر بیٹھ گیا ہے یا کہیں ہجرت کر گیا ہے۔ قتل وغارت گری کی اکا دُکّا واردات کا سلسلہ اب شدت اختیار کرتا جا رہا تھا۔ کلینک سے واپسی پر ایک راہگیر سے والد صاحب نے اس ویرانی کا سبب دریافت کیا تو اُس نے بتلایا کہ آج رات وہ اہم اعلان ہونے والا ہے جس کے برسوں سے چرچے تھے۔ تمام لوگ نمبردار کی حویلی میں اکٹھے ہو کر اس اہم واقعے کی نسبت صلاح مشورہ اور تیاری میں مصروف ہیں۔

والد صاحب عموماً اس طرح کے معاملات سے الگ تھلگ دیکھے گئے ہیں، اُس روز خدا معلوم اُن کے جی میں کیا آئی کہ قدم خود بہ خود نمبردار کی حویلی کی جانب بڑھنے لگے۔ حویلی میں موجود لوگوں نے والد صاحب کا خیر مقدم کرتے ہوئے مصافحہ اور بغل گیر ہو کر نمایاں مقام پر بیٹھنے کی پیشکش کی۔ نمبردار نے والد صاحب کو بتلایا کہ اُس نے اپنا ایک آدمی اُنہیں بلانے کی غرض سے کلینک کی جانب روانہ کیا ہے۔

اس سے قبل ہم گاؤں کے گھروں اور چوپالوں کی محفلوں ومجلسوں میں بڑے بوڑھوں کے ساتھ شرکت کر چکے تھے۔ نمبردار کے گھر میں ہونے والی آج کی محفل کا مزاج نہایت سنجیدہ بلکہ افسردہ تھا۔ چند روز قبل گاؤں کی اکثریتی برادری کے لوگ جس قدر پُر عزم اور پُر جوش تھے آج وہی لوگ اُس سے بھی زیادہ مایوس اور فکرمند دکھائی دیتے تھے۔ آج سے قبل جو لوگ اقلیتی برادری کی عزت، آبرو اور جان ومال کو اپنی عزت وآبرو اور جان ومال قرار دے کر اُس کی حفاظت کا دم بھرتے تھے آج وہی لوگ دل گرفتگی اور شکستگی کے عالم میں اقلیتی برادری کو ہجرت کے مشورے دے رہے تھے۔ وہ لوگ بڑی عاجزی، انکساری اور رقّت کے ساتھ والد صاحب اور اُن کے گرد بیٹھے لوگوں سے ہاتھ جوڑ کر التجا کر رہے تھے کہ آپ لوگ جلد سے جلد محفوظ مقام پر منتقل ہو جائیں۔ ہمیں نہیں معلوم کہ اکثریت واقلیت کی بحث وتکرار کب تک جاری رہی اور اس نے کیا رُخ اختیار کیا، ہم تو نیند کے غلبے کے باعث والد صاحب کی گود میں سر رکھ کر کب کے سو چکے تھے۔

دوسری صبح خلاف توقع والد صاحب اور ملازم نے منہ اندھیرے اٹھا کر جلدی جلدی ہمارا ہاتھ منہ دھلا اور کپڑے بدلا کر چلنے کو کہا۔ ہمارے بچگانہ سوالوں پر والد صاحب نے صرف اتنا جواب دیا کہ تمہاری والدہ تمہیں یاد کر رہی ہیں اس لیے ہم لوگ اُن کے پاس جا رہے ہیں۔ ''اور بی جی؟'' بی جی کے سوال پر والد صاحب نے اِدھر اُدھر سر گھما کر ہوں، ہاں کی اور آگے کی جانب بڑھ گئے۔ ملازم نے دروازے کے آگے تانگہ لگا کر والد صاحب کو اگلی نشست اور اُن کی گود میں ہمیں بٹھا کر دو بندوق بردار نوجوانوں کو پچھلی نشست پر بیٹھنے کا اشارہ کیا۔ کچھ دیر کی مسافت کے بعد ہمارا تانگہ بی جی کے گھر کے سامنے کھڑا تھا۔

اتنی صبح والد صاحب کو اچانک اپنے گھر کے سامنے دیکھ کر بی جی کے منہ سے بے ساختہ ''ہائے میں مر جاؤں، سب خیریت تو ہے'' والد صاحب نے بی جی کے سر پر ہاتھ پھیرتے ہوئے کن سنی کے انداز میں اُنہیں سمجھانے کی کوشش کی تو بی جی کے اوپر ایک طرح سے غشی طاری ہو گئی۔ اُن کی گھُٹی گھُٹی چیخوں نے ہمارا دل بھی اُداس کر دیا۔ ہمیشہ چاق وچوبند اور ہشاش بشاش نظر آنے والی بی جی ایک ہی پل میں سینکڑوں برس پرانی کہانیوں کا کردار نظر آنے لگیں۔

اس سے قبل بڑے سے بڑے امتحان کے موقع پر ہم

نے بی جی کو بہت ہمت اور استقلال کا مظاہرہ کرتے دیکھا تھا۔ بی جی کا یہ روپ ہمارے لئے قطعی اجنبی اور ناپسندیدہ تھا۔ آگے بڑھ کر ہم نے بی جی کے گلے میں بانہیں ڈالتے ہوئے لاڈ سے اُنہیں منانے اور اُن کے رونے کی وجہ دریافت کی تو بی جی نے ضبط کے تمام بندھن توڑ کر آہ و بکا شروع کر دی۔ کبھی وہ سینے پر دوہتڑ مار کر روتیں، کبھی ہمیں سینے سے لگا کر ''ہائے میرے بچے، میری جان، تیرے بنا کیسے جیوں گی'' کہہ کر بین ڈالنا شروع کر دیتیں۔

''کیوں؟ آپ اکیلے کیوں رہوں گی، آپ ہمارے ساتھ چلوگی'' بی جی کے چہرے پر پیار کرتے ہوئے ''میں بھی تو اپنی بی جی کے بغیر نہیں رہ سکتا'' والد صاحب کی جانب امید بھری نظروں سے دیکھ کر ''ہیں نا!'' بجائے اس کے والد صاحب ہمیں تسلی دیتے، ہمارا حوصلہ بڑھاتے، انہوں نے جذبات سے عاری لہجے میں ''چلو چلو، جلدی کرو'' کہہ کر ہمیں پریشان کر دیا۔ ''نہیں نہیں، میں اپنی بی جی کے بغیر نہیں جاؤں گا'' ہاتھ پکڑ کر گھسیٹتے ہوئے ''کیسے نہیں جاؤ گے؟'' ایسا لگتا تھا کہ صدمے سے بی جی ہم باپ بیٹے کی گفتگو سے بے نیاز ہو چکی ہیں۔ والد صاحب کی ڈانٹ ڈپٹ اور کھینچا تانی سے وہ ایک دم ہوش میں آ گئیں ''نہیں بھائی صاحب! زبردستی نہ کیجیے، یہ بہت معصوم، بہت چھوٹا ہے، بہت پیارا ہے'' والد صاحب نے بی جی کی خواہش پر ہمیں گود میں اٹھا لیا۔

''بیٹا! ضد نہیں کرتے، تمہاری بی جی ہمارے ساتھ نہیں چل سکتیں'' والد صاحب کے اس جملے پر ہم مچل گئے ''کیوں نہیں چل سکتیں؟'' بے بسی سے اِدھر اُدھر ٹہلتے ہوئے ''اب میں تمہیں کیسے بتلاؤں؟'' زمین پر پیر مارتے ہوئے ''میں کچھ نہیں جانتا، بی جی نہیں جائیں گی تو میں بھی نہیں جاؤں گا''۔

والد صاحب کی کیفیت دیدنی تھی۔ غم، غصہ اور جھنجھلاہٹ سے اُن کے چہرے کا رنگ کبھی سرخ کبھی کالا اور کبھی پیلا ہو رہا تھا۔ انہوں نے ایک بار پھر ہمت کو مجتمع کرتے ہوئے ملتجی نظروں سے بی جی کو دیکھا ''اب تم ہی اسے سمجھا سکتی ہو'' غنودگی سے چونکتے ہوئے ''میں؟ نہیں بھائی صاحب! میری ساری ہمت، ساری طاقت ختم ہو گئی ہے'' زمین پر ڈھیر بنے جسم نے بے بسی کا اعلان کیا تو والد صاحب ایک طرح سے حواس باختہ ہو گئے۔

''ابے نالائق! سمجھنے کی کوشش کر، تیری بی جی کا مذہب الگ اور ہمارا مذہب الگ ہے، وہ، وہ یہ ہے! اور، اور ہم وہ ہیں! یہ اِن کو ماننے والی ہے! ہم اُن کے پیروکار ہیں! اب سمجھ آیا، تیری بی جی ہمارے ساتھ کیوں نہیں چل سکتی؟''

بچے تو ازل سے معصوم اور ناسمجھ ہوا کرتے ہیں۔ شاید ابد تک رہیں گے، کُجا ایک لاڈ پیار کا مارا بچہ، اچانک اپنے اور اپنی بی جی کے درمیان کھڑی ہونے والی دیوار کی مار کیسے سہہ سکتا تھا!

اس کے بعد کیا ہوا، کیسے ہوا، کیونکر ہوا، اُس کی بابت ہم قطعی بے خبر اور لاعلم ہیں، ہونا بھی چاہیے! اُس روز کے بعد ہر صبح، ہر شام، ہر دن، ہر رات، ہر پل، ہر گھڑی بڑے بڑے ہوش مند اور ہوشیار ہمارے چہار جانب جس طرح ڈھونگ اور سوانگ رچائے ہوئے ہیں اُس کی موجودگی میں کسی معمولی ہوش والے کے لیے بھی سوچ، سمجھ کی بات کرنا، کارِدارد ہے!

حیرت مگر اس بات پر ہے! کہ یہ ہوش مند اور ہوشیار لوگ اس قدر گونگے، بہرے بلکہ اندھے کیوں ہو گئے ہیں۔۔۔؟ کیوں انہیں امن کی نشانیوں کے مٹنے کا احساس نہیں ہوتا؟ کیوں آسمان پر منڈلانے والی ابابیلیں اور اُن کی چونچوں میں دبے نوکیلے پتھر اِن کو نظر نہیں آ رہے۔۔۔؟ ہے کوئی۔۔۔؟ کوئی ہے۔۔۔؟ جو اِن ہوش مند اور ہوشیار لوگوں پر آنے والی قیامت سے ان کو آگاہ کر سکے۔!!!

☆☆

رینو بہل

لاگی چھوٹے نا

دوبارہ اس شہر میں جانا میری اخلاقی مجبوری تھی ورنہ جس طرح ذلیل اور بے آبرو ہوکر وہاں سے نکلالا گیا تھا، دوبارہ وہاں جانا میرے لئے آسان نہیں تھا۔ ماموں کے انتقال کی خبر نے پریشان کر دیا تھا۔ پریشانی صرف لوٹ کر وہاں جانے کی تھی۔ شاید میں دوبارہ ادھر جانے کا ارادہ بھی نہیں کرتا اگر ماموں ناراضگی اور ترکِ تعلق کے باوجود بستر مرگ پر پڑی اپنی چھوٹی بیوہ بہن کی آخری بار ملنے کی خواہش پوری کرنے نا آتے۔ انہوں نے سب گلے شکوہ طاق پر رکھ کر بہن کے پیار کو ترجیح دی، میری گستاخیوں، نادانیوں کو بھول کر میرے سر پر شفقت بھرا ہاتھ رکھ مرتی بہن کی خواہش کا احترام کیا۔

تیس سال بعد میں نے اسی شہر، اسی گھر میں قدم رکھا تھا۔ اس عرصے میں بہت کچھ بدل گیا تھا۔ بچے جوان اور جوان بوڑھے ہوگئے تھے۔ میں بھی تو اب وہ نہیں رہا تھا۔ تیس سال پہلے چڑھتی جوانی کا جوش میری رگ رگ میں ٹھاٹھیں مارتا تھا۔ چہرے کی سرخ رنگت، پہاڑو کی تازہ آب و ہوا کی دین تھی۔ جسمانی مشقت نے جسم کو سڈول بنا دیا تھا۔ پہاڑوں کی مضبوطی اور سادگی میری طبیعت میں رچی بسی تھی۔ ماموں کے اسرار پر کالج کی پڑھائی مکمل ہوتے ہی ان کے پاس چلا آیا۔ ماموں کا اچھا خاصا اسٹیل کا کاروبار تھا اور چاہتے تھے کہ میں وہاں رہ کر کام بھی سیکھوں اور ان کا ہاتھ بھی بٹاؤں۔ ماموں کے تینوں بچوں میں سے سب سے زیادہ میری انل سے بنتی تھی جو عمر میں مجھ سے چار سال چھوٹا تھا۔ ارون اور شالنی اسکول جاتے تھے۔ اب اتنے عرصہ بعد انہیں دیکھا تو ان کے ساتھ گزارے وہ دس مہینے یاد آ گئے۔ کیسے بے فکری کے مستی بھرے دن تھے۔ بھیا بھیا کرتے آگے پیچھے گھومتے تھے۔ ممانی بالکل ماں کی طرح خیال رکھتیں، کسے معلوم تھا کہ وقت ایسی چال چلے گا کہ ایک ہی پل میں چمکتے چاند کو گرہن لگ جائے گا۔ نزدیکیاں سالوں کی دوریوں میں بدل جائیں گی۔

موقع سوگواری کا تھا لہٰذا گرم جوشی سے کسی کے ملنے کی توقع نہ تھی۔ ممانی کو چھوڑ کر کسی نے سرد مہری کا مظاہرہ نہیں کیا۔ ساری رات کا سفر طے کر کے صبح گھر پہنچا تو ماموں کے آخری سفر کی تیاریاں چل رہی تھیں۔ وقت رخصت آخری دیدار کرتے ہوئے دل کی گہرائیوں سے ایک بار پھر اپنی غلطیوں کی معافی مانگ کر اپنے ضمیر پر پڑے بوجھ کو ہلکا کرنے کی کوشش کی۔ آخری بار جب ماں کے انتقال پر ان سے ملاقات ہوئی تھی تو جاتے وقت ان کا رویہ نرم تھا۔ پورا ایک ہفتہ وہ ماں کے لئے رکے تھے۔ اس بیچ میری بیوی بچوں سے خوب گھل مل گئے تھے۔ میرا رتبہ، میری سنجیدہ ذمہ دارانہ شخصیت نے ان کا دل میری طرف سے صاف کر دیا تھا۔

ماموں کے آخری سفر کے وقت ایک ہجوم تھا جو انہیں ان کی منزل تک چھوڑنے چلا تھا۔ دو چار چہرے ہی شناسا نظر آئے۔ میری نظریں نہ جانے کیوں بے ارادہ قافلے میں شامل ہر شخص کو غور سے دیکھ رہی تھیں۔ شاید انہیں بھی اسی کی تلاش تھی۔ ماموں کو سپرد آتش کر جب گھر لوٹے تو صرف قریبی رشتے دار ہی رہ گئے تھے۔ لمبے سفر کی تھکن اور سوگواری کے بوجھل پن سے جسم ٹوٹنے لگا تھا۔ گھر پہنچتے ہی نہا دھو کر سب کے ساتھ کھانے کی رسم نبھائی تو میری افسردہ حالت دیکھ کر انل مجھے اپنے کمرے میں آرام کرنے کے لئے چھوڑ گیا۔ بستر پر گرتے ہی میری آنکھ لگ گئی۔ بھوک اور نیند بھی کیسی بے حیا اور بدلحاظ ہیں کہ نہ موقع دیکھتی ہیں نہ محل۔ جب گھنٹے بھر بعد آنکھ کھلی تو شام کے سائے پیر پھیلا چکے

تھے۔ میں بھی اٹھ کر سب کے ساتھ صف ماتم پر جا بیٹھا۔ ممانی سے بات کرنے کی کوشش کی مگر انہوں نے چپ کا روزہ نہیں توڑا۔ جھریوں بھرے چہرے پر سرد مہری چھائی رہی۔ ان کی بے رخی سے دم گھٹنے لگا تو میں اٹھ کر باہر کھلی ہوا میں آ گیا۔ جیب سے سگریٹ نکالی اور گھر سے نکلتے ہی اسے سلگا کر دھیرے دھیرے کش بھرتے ہوئے چہل قدمی کرنے لگا۔ ہوا میں مچلتی ہلکی سی خنکی نے طبیعت بہتر کر دی۔ ٹہلتے ٹہلتے قدم خود بخود پچھلی گلی کی جانب مڑ گئے اور 'پاٹھک ولا' کے آگے جا کر تھم سے گئے۔ برآمدے میں ہلکی روشنی جل رہی تھی۔ بظاہر کوٹھی کا نقشہ بالکل نہیں بدلا تھا۔ بجلی کی طرح ایک پل میں گھر کے اندر کا نقشہ، اس کی آرائش میرے ذہن میں گھوم گئی۔ اپنے ہی حافظے پر تعجب ہوا۔ اتنا عرصہ گزر جانے کے بعد بھی اس کے نقوش میرے دل و دماغ پر زندہ جاوید ہیں۔ دروازے سے باہر برآمدے میں کسی کو آتے دیکھ میں تیز تیز قدم بھرتا گھر کی جانب لوٹ آیا۔

ایسا کیوں ہوتا ہے کہ انسان جتنا اپنے ماضی سے دور بھاگنا چاہتا ہے، اتنا ہی وہ اسے اپنی طرف کھینچ لیتا ہے۔ اس رسا کشی میں اکثر حساس طبیعت لوگ ہار جاتے ہیں۔ میں بھی ہار گیا تھا۔ ماضی کے سائے میرے وجود سے لپٹتے جا رہے تھے اور میں لحہ لحہ کمزور پڑتا جا رہا تھا۔ رات کے سناٹے میں مجھے ان گزرے دنوں کی یادوں نے پھر گھیر لیا۔

تیس سال مجھے کبھی یہ خیال بھی نہیں آیا کہ میرے چلے آنے کے بعد اس کا کیا ہوا ہوگا؟ کس حال میں ہے؟ کیسے زندگی بسر کی؟ زندہ بھی ہے یا نہیں؟ آج جنازے کے وقت شاید میری نظریں ان لوگوں کو ہی تلاش کر رہی تھیں۔ بہت قربت تھی دونوں خاندانوں میں۔ خوشی غمی میں ہمیشہ ساتھ۔ بے جھجک، بے وقت اک دوسرے کے گھر جا دھمکتے۔

ماموں کا دوست راجن پاٹھک منجھا ہوا کاروباری بندہ جس کی زندگی کا مقصد خوب پیسہ کمانا۔ دو بیٹیاں اور ایک بیٹا، ان کی کل جائیداد کا وارث۔ پہلی بار جب ان کے گھر گیا تو ان کی بیوی کو دیکھ کر حیرت ہوئی۔ دونوں کی عمر میں تقریباً ۲۰ سال کا فرق رہا ہوگا جو پوری طرح واضح ہو رہا تھا۔ کہاں راجن بھیا، تو ندکلی، ڈھیلا ڈھل ڈھل کرتا جسم اور کہاں حنا بھابی۔ تین بچے پیدا کرنے کے بعد بھی کنواری نظر آتی، تیکھے نین نقش، گھنے کالے بال، گندمی رنگ، غزالی آنکھیں، بھرا بھرا سینہ، لچکتی کمر تک جھولتی چوٹی، بڑی بیٹی کی عمر دس سال اور سب سے چھوٹا بیٹا چار سال کا۔ پہننے اوڑھنے کا سلیقہ، گھر سجانے سنوارنے کا ذوق، نفاست پسند، لذیذ پکوان بنانے میں ماہر، شاعری اور موسیقی کی شوقین، خوبصورت بھی خوب سیرت بھی۔ ہمیشہ خندہ پیشانی سے سب سے ملتی مگر تھی کم گو، بہت نپا تلا بولتی تھی۔ نہ جانے مجھے ایسا کیوں محسوس ہوا کہ ان کی آنکھیں بہت باتیں کرتی ہیں۔

پہلی ہی ملاقات میں ان کا گرویدہ ہو گیا۔

جیسے جیسے ان لوگوں سے رابطہ بڑھا، بے تکلفی بھی بڑھی اور جھجک غائب ہوتی گئی۔ گھنٹوں حنا بھابی کے پاس بیٹھا رہتا۔ وہ کام کرتی جاتی، میری باتیں دلچسپی سے سنتی جاتی، بہت کم بولنے والی حنا بھابی مجھ سے اکیلے میں ڈھیر ساری باتیں کرتی۔ اس وقت وہ الھڑ کمسن لڑکی لگتیں۔ بے تکلفی کے باوجود اس راز سے پردہ ہٹانے میں ناکام رہا کہ اس بے میل شادی کی وجہ کیا تھی وہ کون سے حالات تھے کہ بیس سال کا فرق نظر انداز ہو گیا۔ وہ صرف اتنا ہی کہہ سکی تھی کہ ''کبھی کبھی بیٹیاں ماں باپ پر ایسا بوجھ بن جاتی ہیں جنہیں وہ جلد سے جلد کہیں بھی اتار دیتے ہیں۔ اس وقت عمر کا فرق کیا رنگ لائے گا، یہ بھی نہیں سوچتے۔''

'آدمی کی عمر نہیں جیب دیکھی جاتی ہے۔' میں نے بھی سنی سنائی بات دہرا دی۔

طنزیہ مسکراہٹ اس کے چہرے پر بکھر گئی۔

'لوگ جھوٹ کہتے ہیں کہ آدمی بوڑھا نہیں ہوتا اور عورت کی جسمانی بھوک بچے جننے کے بعد مٹ جاتی ہے۔' اس کی نم آنکھوں میں خاموش شکایت مچل رہی تھی۔

اور کچھ تو نہ جان سکا پر اتنا ضرور سمجھ گیا تھا کہ انہوں نے بھی زندگی سے سمجھوتہ کیا ہے۔

رات بھر ماضی کی بھول بھلیوں میں بھٹکتا رہا۔ صبح چھ بجے ہی انل نے ماموں کی استھیاں لے جانے کے لئے اٹھا دیا۔ چار پانچ قریبی رشتے دار شمشان گھاٹ کے لئے اس کے ساتھ روانہ ہو گئے۔ چتا کی راکھ بجھ چکی تھی۔ کار جی نے دودھ کے چھینٹے مار کر راکھ ٹھنڈی کر کریدنی شروع کی اور اس میں سے ہڈیا چن چن کر اُس مٹکے میں ڈال دیں جو ہم ساتھ لے کر گئے تھے۔ پھر استھیوں سے بھرے مٹکے کو سرخ کپڑے میں لپیٹ کر وہیں لا کر میں رکھ دیا۔ ماموں کا وجود سمٹ کر مٹکی میں سما گیا تھا۔ راکھ کو بوری میں ڈال کر شہر کے باہر ندی کے بہتے پانی میں بہا کر تین گھنٹے بعد لوٹ آئے۔

سارا دن انل کے ساتھ صف ماتم پر بیٹھ کر گزارا۔ جب ہم اکیلے ہوتے تو ادھر ادھر کی باتیں ہونے لگتیں۔ اس نے تیس سالوں کا حساب لیا بھی اور دیا بھی۔ پھر اچانک اس نے پوچھ لیا۔

''آپ کا کبھی جانے کے بعد ان سے رابطہ ہوا؟''

میں نے دو منٹ اس کی طرف دیکھا اور نفی میں سر ہلا دیا۔

'پاٹھک صاحب نظر نہیں آئے؟' میں نے ہمت کر کے پوچھ ہی لیا۔

'ہمارا ان سے رشتہ تبھی ختم ہو گیا تھا اور اب تو وہ اس دنیا میں ہے ہی نہیں۔ دو ماہ پہلے ہی چل بسے۔'

''اوہ! اور وہ؟''

'یہیں رہتی ہیں۔ بہو بیٹے کے ساتھ، کہیں آتی جاتی نہیں۔'

میں خاموش رہا۔ کہنے کو کچھ تھا بھی نہیں۔

شام ڈھلے میں سگریٹ پینے پھر گھر سے نکل گیا۔ اکیلا ہی ان گلیوں میں ٹہلتا رہا۔ دل میں ایک خواہش نے انگڑائی لی کہ ایک بار ماتم پرسی کے بہانے ہی اس سے مل کر آؤں۔ دیکھوں عمر نے کیا رنگ دکھایا ہے؟ کیا آج بھی وہ اتنی ہی دلکش اتنی ہی حسین ہیں؟ مجھے آج بھی یاد ہے پہلے لمس کا وہ لطیف احساس جب انجانے میں میرا ہاتھ اس کے بدن کو چھو گیا تھا تو میرے پورے جسم میں برق سی لہرائی تھی۔ شاید اس طرف بھی کچھ ایسا ہی ہوا تھا۔ اس کا انگ انگ دعوت دیتا محسوس ہوا۔ میں سنبھل کر بیٹھ گیا۔ میں نے اسے اپنا وہم سمجھ کر جھٹک دیا تھا۔ پھر اس روز جب ان کے گھر گیا تو وہ نہانے گئی ہوئی تھیں۔ خادمہ نے مجھے ڈرائنگ روم میں انتظار کرنے کو کہا۔ میں رسالے پر نظریں دوڑا رہا تھا کہ پیچھے سے آ کر اُس نے میری گردن میں بانہیں کچھ اس انداز سے ڈالیں کہ گیلے بالوں سے ٹپکتا پانی میرے کندھوں کو بھگونے لگا۔ اس کے دائیں گال سے میرا بایاں گال سٹا ہوا تھا۔ اس کی سانسوں کا سنگیت میرے کانوں میں طوفان بن کر سائیں سائیں کرنے لگا۔ اس کے جسم کی خوشبو میرے حواس پر چھا کر مجھے مدہوش کر گئی۔ یکلخت میں اٹھا اور پلٹ کر شعلہ بدن کو اپنی مضبوط گرفت میں لے لیا۔ نہ وہ کسمسائی، نہ خود کو آزاد کرنے کی کوشش کی۔ اس کی خود سپردگی نے میرے حوصلے بڑھا دئے۔ آگ دونوں طرف برابر دہک رہی تھی۔ کسی کو کسی کا ہوش نہ تھا۔ بھڑکتے ہوئے شعلے جب شانت ہوئے تو میں اپنے کئے پر شرمندہ تھا مگر اس کی نس نس میں سرشاری بھر گئی تھی۔ ایسے جیسے تشنہ روح تشنہ جسم شرابور ہو گئی ہو۔ اس کی آنکھوں کی نرمی، اس کے لبوں کی مسکراہٹ، ایک ادھیڑ عمر کی عورت کی نہیں بلکہ ایک نوخیز کلی کی سی تھی۔ ان لمحوں نے عمر کے فاصلے مٹا دئے تھے۔ اس روز میرے لبوں کو چومتے ہوئے اس نے صرف اتنا کہا تھا کہ

'تم نے میری ادھوری زندگی میں نئے رنگ بھر دئے ہیں۔ میرے جسم کی بھوک ہی نہیں میری روح کی پیاس بھی بجھی ہے۔'

پھر ایسے لمحے اکثر ہماری زندگی میں آنے لگے۔ وہ موقع تلاش کر مجھے بلا لیتی۔ میرے دل اور دماغ پر بھی اب اس کی حکمرانی تھی۔ پہلے وہ حنا بھابھی تھی اور پھر وہ صرف حنا تھی، میری حنا۔ محبت کا اعتراف پہلے اسی نے کیا تھا۔ سر تا پیر وہ محبت میں ڈوب گئی تھی۔ مجھے دیکھتے ہی اس کی آنکھوں میں خماری چھا جاتی جسے وہ بڑی ہوشیاری سے سب سے چھپا لیتی۔ شوہر کے سامنے اس کا روپ ہی الگ ہوتا۔ مجھے وہ اپنی حنا نہیں بیگانی بیگانی سی لگی۔ پہلی بار عورت کے تریا چرتر دیکھے۔ اس کا زندگی کا تجربہ مجھ سے زیادہ تھا۔ دس بہاریں مجھ سے زیادہ دیکھ چکی تھی۔ اسے دیکھ کر سمجھ میں آیا کہ عورت کتنی آسانی سے اپنے اصلی رنگ کو چھپا کر مکھوٹا لگائے ساری زندگی گزار سکتی ہے۔ میرے ساتھ ہوتی تو شوخ الہڑ کی طرح برتاؤ کرتی اور شوہر کے سامنے سمجھدار، ٹھہری، سنجیدہ، سیانی عورت۔ دیوانہ وار چاہنے لگی تھی مجھے وہ۔ موقع ملتے ہی بے تحاشا پیار کی بوچھار کرنے لگتی۔ میں بنا سوچے سمجھے اندھی جوانی کے بے لگام گھوڑے دوڑاتا رہا۔ اکثر وہ لاڈ میں مجھ سے شکایت کرتی، 'تم بہت دیر بعد ملے ہو مجھے، کاش پہلے ملے ہوتے۔'

'کیسے ملتا؟ تمہیں تو اس دنیا میں آنے کی بہت جلدی تھی'، میں ہنس کر جواب دیتا۔ ایسے ہی قربت کے لمحوں میں ایک روز اس کے دل میں چھپی خواہش اس کے لبوں تک آ گئی۔

'کاش میں تمہارے بچے کی ماں بن سکتی؟ آج افسوس ہو رہا ہے کہ میں نے منے کی پیدائش کے بعد آپریشن کیوں کروایا۔'

اس کی بے لوث چاہت، اس کی خود سپردگی نے میرے اندر بھی حسد کا جذبہ پیدا کر دیا تھا۔ میری کوشش ہوتی کہ میں اسے اس کے شوہر کے ساتھ نہ دیکھوں۔ ان دونوں کو ایک ساتھ دیکھتے ہی میرے چہرے کا رنگ بدل جاتا تھا مگر اس کا چہرہ پر سکون، لاتعلق رہتا جسے دیکھ کر میں اندر ہی اندر جل جاتا اور دل ہی دل میں راجن پاٹھک کو موٹا، بڈھا، کھوسٹ اور نہ جانے کیا کیا کہہ کر خود کو تسلی دیتا۔ آج سوچتا ہوں تو اپنی اس بچکانا حرکت پر ہنسی آتی ہے۔

میرے قدم ایک بار پھر پاٹھک ولا کے آگے آ کر تھم گئے۔ شام کے دھندھلے سائے رات کی تاریکی میں بدل چکے تھے۔ کل دوپہر چوتھے کی رسم کے بعد میں اس شہر کو الوداع کہہ دوں گا۔ پھر نہ جانے کبھی ادھر آنا ہو یا نہ ہو۔ یہ خیال آتے ہی میرے قدم 'پاٹھک ولا' کے گیٹ کی جانب بڑھنے لگے۔ عقل نے وہیں سے پلٹ جانے کا مشورہ دیا تو ماضی کے چھپے سایوں نے آگے دھکیل دیا۔ بنا سوچے سمجھے میں نے گیٹ پر لگی بیل بجا دی۔ دو منٹ بعد ہی گیٹ پر ملازم وارد ہوا۔ اس کے کچھ پوچھنے سے پہلے ہی میں نے پوچھ لیا۔

'مسز حنا پاٹھک گھر پر ہیں؟''

'آپ کون؟'

'انہیں بتایئے، رجت ملنا چاہتا ہے۔'

وہ مجھے اپنے ساتھ اندر لے گیا، ڈرائنگ روم کی طرف اشارہ کر کے بولا۔ 'آپ بیٹھئے، میں اطلاع دیتا ہوں۔'

ڈرائنگ روم میں داخل ہوتے ہی میری نظر دیوار پر لٹکی پاٹھک صاحب کی تصویر پر پڑی جس پر تازہ لال گلاب کے پھولوں کا ہار لٹکا ہوا تھا۔ میں نے اپنی نظریں تصویر سے ہٹا لیں۔ ان کی آنکھوں کی تاب لانا شاید آج بھی میرے لئے ممکن نہ تھا۔ ان سے نظریں ملانی تو میں نے بہت پہلے ہی چھوڑ دی تھیں۔ میری کوشش ہوتی کہ میرا ان سے سامنا ہی نہ ہو۔ اس منحوس دن وہ نہ جانے کیسے بے وقت گھر آ گئے اور ہمیں رنگے ہاتھوں پکڑ لیا۔ مجھے دیکھتے ہی مجھ پر ٹوٹ پڑے، غصے سے چلانے لگے، گالیاں نکلنے لگیں، گھونسے برسنے لگے۔ حنا خود کو سنبھالتی ہوئی پھر ہم دونوں

کے بیچ آ گئی۔ میری ڈھال بن کر ان کے سامنے کھڑی ہوگئی اور ان پر چلانے لگی،

''چھوڑ دو اسے، اس کا کوئی قصور نہیں، اسے میں نے بلایا تھا۔ جو بات کرنی ہے مجھ سے کرو۔'

'تم سے تو میں بعد میں نپٹوں گا، پہلے مجھے آستین کے سانپ سے نپٹ لینے دو۔' وہ پھر میری طرف بڑھے۔

حنا نے انہیں پیچھے دھکیلتے ہوئے مجھ سے کہا، 'رجت تم جاؤ یہاں سے، یہ ہمارا آپسی معاملہ ہے۔ ہم نپٹ لیں گے۔'

موقع غنیمت جانتے ہوئے میں وہاں سے جان بچا کر بھاگ کھڑا ہوا۔ دیر رات تک میں اکیلا بے مقصد بھٹکتا رہا۔ گھر پہنچا تو میرا سامان دروازے پر ہی پڑا تھا۔ میری رسوائی کے قصے مجھ سے پہلے پہنچ چکے تھے۔ ماموں ممانی نے ایسی جلی کٹی سنائی کہ میرا بس چلتا تو میں زمین میں دھنس جاتا۔ خاموشی سے سر جھکائے سنتا رہا۔ اُس گھر کے دروازے مجھ پر ہمیشہ کے لئے بند ہوگئے تو میں شرمندگی کا بوجھ اٹھائے وہاں سے چلا آیا اور آج تیس سال بعد پھر اسی گھر میں کھڑا تھا جدھر سے جان بچا کر بھاگا تھا۔

قریب آتی قدموں کی آہٹ سن میرا دل زور زور سے دھڑکنے لگا، بالکل بیس سال کے نوجوان کی طرح۔ گھبراہٹ سے پیشانی پر آئے پسینے کی بوندوں کو صاف کیا۔ اگر اس نے پوچھ لیا کہ اتنے سالوں بعد کیا کرنے آئے ہو؟ تو کیا جواب دوں گا۔ کیا کہوں گا کہ، پاٹھک صاحب کا سن کر بڑا افسوس ہوا، یا یہ پوچھنے آیا ہوں کہ میرے جانے کے بعد کیا ہوا؟ کس طرح تم نے اپنے شوہر کو راضی کیا؟ انہیں سوالوں میں الجھا ہوا تھا کہ اسے کمرے میں داخل ہوتا دیکھ میری سانسیں تھم سی گئیں۔ گلاب کے پھول کی شوخ اور چنچل ڈالی کی جگہ خزاں رسیدہ ٹہنی میرے سامنے گم سم کھڑی تھی۔ اس کی اداس آنکھوں میں حیرت کے ساتھ نمی بھی ابھر آئی تھی۔ لب کچھ کہنے کو ہلے مگر آواز حلق میں اٹک کر رہ گئی۔ غیر ارادی طور پر اس کے قدم میری طرف اٹھنے لگے۔ ابھی میں یہ بھی طے نہیں کر پایا تھا کہ وہ میرے سامنے بیٹھ کر گفتگو کرے گی یا ہمیشہ کی مانند میرے قریب آ کر مخصوص انداز میں میرا حال احوال دریافت کرے گی۔ اچانک اس کے بڑھتے قدم بے ربط ہوئے۔ اس نے دائیں ہاتھ کو سر کی جانب بڑھاتے ہوئے خود کو قائم رکھنے کی کوشش بھی کی۔ قبل اس کے کہ میں اس کی خیریت دریافت کروں، اس کا جسم سوکھے پتے کی طرح لرزتا میری بانہوں میں جھول گیا۔

میرے لئے یہ صورت حال کسی صدمے سے کم نہ تھی۔ میں چیخ چیخ کر گھر کے تمام افراد کو بلانا چاہتا تھا مگر جسم میں خون رکتا ہوا محسوس ہونے لگا۔ ابھی میں خود کو سنبھالنے کی کوشش میں تھا کہ ملازمہ پانی کی ٹرے لے کر کمرے میں داخل ہوئی تو ایک دم اس کی چیخ نکل گئی۔ اس کی چیخ سن کر حنا کا بیٹا ڈرائنگ روم میں داخل ہوا۔ دیکھتے ہی بولا۔

'یہ کیا ہوا؟'

میرے کچھ کہنے سے پہلے ہی 'ماں، ماں' کہتے ہوئے میرے قریب آیا اور ماں کے سر اور گالوں کو سہلا کر زندگی کی رمق تلاش کرنے لگا۔ آہستہ آہستہ اس کی آواز مایوسی میں بدلنے لگی۔ پھر اس نے جھک کر حنا کو میری گرفت سے آزاد کرتے ہوئے دونوں ہاتھوں پر اٹھالیا اور اضطراری کیفیت میں کمرے سے نکل کر اندر کی جانب بڑھ گیا۔ میں سکتے کے عالم میں بت بنا وہیں کھڑا سب دیکھتا رہا۔ نوکرانی دوبارہ کمرے میں آ کر جب سوالیہ نظروں سے میری جانب دیکھا تو میں خاموش سر جھکائے سوچنے لگا کہ کھڑا رہوں بیٹھوں یا چلا جاؤں۔

☆☆

مشتاق احمد وانی

پندرہ،سولہ

سرسوتی مرکزی دانش گاہ کو شہر سے کافی دُور ایک ہموار میدانی علاقے میں قائم کئے ہوئے اکیس برس ہو چکے تھے۔شعبۂ حیوانات ونباتات ،ٹکنالوجی ، ریاضیات،اقتصادیات، معاشیات،سماجیات،نفسیات،سیاسیات اور شعبۂ انگریزی کے علاوہ ہندی کا شعبہ بھی اس دانش گاہ میں شروع ہی سے قائم کیا گیا تھا۔پروفیسر محمد اخلاق کو جب اس دانش گاہ کا کُلپتی بنایا گیا تو اُنھوں نے بڑی حکمت عملی،محنت،ایمان داری اور بہترین پلاننگ سے اس دانش گاہ کو چار چاند لگانے میں کوئی بھی کسر اُٹھائے نہیں رکھی۔سرکار نے ایک ضرورت کے طور پر اُنھیں کُلپتی کا عہدہ سونپا تھا کیونکہ اُن سے پہلے یہ دانش گاہ ایک طرح کی دُکان بن چکی تھی۔اُنھوں نے قلمدان سنبھالتے ہی تمام تدریسی اور انتظامیہ ملازمین کے ساتھ ایک میٹنگ کی اور اُنھیں یہ تلقین کی کہ وہ ایمانداری،خوف آخرت، محنت ولگن کے ساتھ کام کریں اور دانش گاہ کو اپنا گھر سمجھ کر اپنے فرائض انجام دیں تاکہ یہ دانش گاہ ملک کی بہترین دانش گاہوں میں شمار ہو سکے۔انھوں نے ایک روز دانش گاہ کے کُلسچیو،سندر سنگھ کو اپنے آفس میں بلایا اور اُن سے کہنے لگے

''دانش گاہوں میں لوگ کُلپتی کے عہدے پر پانچ سال تک کے لئے آتے ہیں،اپنا اچھا بُرا رول ادا کر کے واپس چلے جاتے ہیں۔میں چاہتا ہوں آپ میرا پورا ساتھ نبھائیں تاکہ میں اپنے کاریہ کال میں اس دانش گاہ کو دُنیا کی عظیم دانش گاہوں میں شمار کرواسکوں''

سندر سنگھ نے کہا

''جناب!میں بھی یہ چاہتا ہوں کہ آپ کے دور میں سرسوتی مرکزی دانش گاہ ایک مثالی دانش گاہ کا روپ دھارن کرے۔میں اس کی ترقی کے لئے آپ کے مشوروں پر عمل کروں گا''

پروفیسر محمد اخلاق،سندر سنگھ کی باتیں سن کر خوش ہوئے انھیں اطمینان قلب نصیب ہوا۔اسی دوران چپراسی چائے لے کر آگیا۔چائے نوش فرماتے ہوئے پروفیسر محمد اخلاق نے سندر سنگھ کو کہا

''کسی بھی دانش گاہ کے لئے کُلپتی اور کُلسچیو کی حیثیت آپ بہتر جانتے ہیں۔میری پلاننگ میں کچھ خاص باتیں شامل ہیں اور وہ یہ کہ ہمیں سب سے پہلے انتظامیہ اور تدریسی عملے پر خاص دھیان دینا چاہیے۔اس کے بعد کچھ نئے کورسز بھی شروع کرنے ہیں علاوہ ازیں نئی عمارتوں کے خاکے تیار کرائے جائیں اور پوری دانش گاہ کو دلکش ماحول میں بدلا جائے''

سندر سنگھ نے ہامی بھرتے ہوئے کہا

''جناب آپ مجھے اپنی پلاننگ کا فریم ورک سونپیں''

کُلپتی پروفیسر محمد اخلاق نے سب سے پہلے تدریسی عملے کے لئے یہ احکامات جاری کئے کہ تمام شعبوں کے اساتذہ اور طلبہ وطالبات کو وقت کی پابندی کا خیال رکھنا ہوگا۔نصاب میں جدید علوم اور نظریات پر خصوصی توجہ دینا لازمی ہے۔تمام شعبوں کے اساتذہ کے لئے اس بات کو ضروری قرار دیا گیا کہ ہر ماہ اُن کے تین تحقیقی مضامین یُو جی سی کے منظور شدہ جرنل میں شائع ہونے جائیں۔مزید برآں ہر سال ایک تحقیقی کتاب زیورطباعت سے آراستہ ہوکر منظر عام پر آنی چاہیے۔ہر ماہ ہر شعبے میں ایک سیمینار اور کانفرنس کا انعقاد لازمی قرار دیا گیا۔ہر پندرہ دن کے بعد دانش گاہ کے آڈی ٹوریم میں طلبہ وطالبات سے منشیات پر تقریری مقابلہ کروایا جائے۔ہر مہینے سائنسی،سماجی اور ادبی شعبہ جات میں کسی ماہر شخصیت سے توسیعی خطبہ دلایا جائے۔طلبہ وطالبات کے اندر چھپے فطری جوہر کو نکھارنے کے لئے کھیل کود،

گیت سنگیت اور ڈرامائی پروگرام منعقد کیے جائیں ۔انتظامیہ عملے کے لئے بھی یہ احکامات جاری کیے گئے کہ امتحانات بروقت ہوں ،ہر کام اصول وضابطے کے مطابق ہونا چاہیے ۔کوئی بھی فائل یونہی کسی بھی ٹیبل پر نہ پڑی رہے ۔سائنس کے شعبوں میں لیبارٹریوں کا خاص انتظام ہوتا کہ طلبہ وطالبات کو کسی طرح کی پریشانی کا سامنا نہ کرنا پڑے ۔دانش گاہ میں نئی عمارتوں کی تعمیر کے لئے خاکے تیار کروائے گئے اور پورے ماحول کو دلکش بنانے کے لئے طرح طرح کے احکامات جاری کیے گئے ۔ پانی ،بجلی اور ذرائع ترسیل وابلاغ کی تمام سہولیات پر خصوصی توجہ دی جائے ۔دانش گاہ کے ملازمین کے لئے خصوصی بسوں کا انتظام عمل میں لایا جائے ۔ہوسٹلوں میں رہائش پذیر طلبہ وطالبات کے قیام وطعام کو بہتر سے بہتر بنانے کے احکامات جاری کئے گئے ۔دانش گاہ کے طبی مرکز میں صفائی ستھرائی اور ادویات کی دستیابی کے علاوہ امرجنسی کے طور پر ایمبولنس رکھنے کا حکم نامہ جاری کیا گیا ۔ریگنگ اور دوسری نشہ آور چیزوں کے استعمال کرنے والے طلبہ وطالبات کے خلاف سخت سزا کے پوسٹر مختلف مقامات پر چسپاں کئے گئے ۔ ہر ہفتے تدریسی اور انتظامیہ عملے کے امور اور کارکردگی کو جانچنے پرکھنے کے لئے چند احتسابی کمیٹیاں تشکیل دی گئیں ۔ پروفیسر محمد اخلاق نے ان تمام احکامات کو عملی جامہ پہنانے پر زور دیا۔انھوں نے سرکار سے مالی تعاون حاصل کرنے میں کامیابی حاصل کرلی ۔دیکھتے دیکھتے سرسوتی مرکزی دانش گاہ میں کئی نئی عمارتوں کی تعمیر کا کام شروع کردیا گیا۔ تین سال میں ہی پوری دانش گاہ ایک نیا رنگ وروپ اختیار کرگئی ۔کئی شعبوں کے طلبہ وطالبات نے ملکی سطح پر مختلف مقابلہ جاتی امتحانات میں گولڈ میڈل حاصل کئے ۔سرسوتی دانش گاہ میں ایم اے ،ایم ایس سی ،ایم کام ،ایم فل اور پی ایچ ڈی میں داخلہ لینا ایک بہت بڑے اعزاز کی بات تصور کی جانے لگی ۔اخبارات ،ریڈیو، ٹیلی ویژن اور انٹرنیٹ کے ذریعے سرسوتی دانش گاہ کے تمام شعبوں میں بہترین تدریسی کام ،انتظامیہ میں عمدہ نظم وضبط اور پوری دانش گاہ کے دلکش ماحول کی جھلکیاں دکھائی جانے لگیں ۔اب ملک اور بیرون ملک سے کئی اہم علمی وادبی شخصیات کو مختلف موضوعات پر توسیعی لیکچر دینے کے لئے مدعو کیا جانے لگا۔ کلپتی پروفیسر محمد اخلاق نے اپنی محنت، قابلیت اور دیانتداری سے مرکزی سرکار سے دانش گاہ کی ترقی کے لئے کروڑوں روپے کی مالی معاونت منظور کروائی ۔وہ ایک خدا دوست ،ایماندار اور انسانیت کے قدردان شخص تھے ۔وہ انسان سے زیادہ انسانیت کو اہمیت دیتے تھے ۔وہ ذات پات، برادری واد، رنگ ونسل ،امیر وغریب ،بھید بھاو اور علاقائی تعصب کے سخت خلاف تھے ۔اُن کا اس بات پر کامل یقین تھا کہ سچائی اور ایمانداری میں ہی انسان کی کامیابی اور عزت کا راز مضمر ہے ۔انھوں نے دانش گاہ میں رواداری ،بھائی چارے اور فرقہ وارانہ ہم آہنگی کو مدنظر رکھتے ہوئے جہاں ایک مسجد تعمیر کروائی تو وہیں انھوں نے مندر، گورودوارہ اور کلیسا بھی تعمیر کروایا۔ تین سال کے بعد انھوں نے مختلف شعبہ جات اور انتظامیہ میں خالی پڑی آسامیوں کو پُر کرنے کے لئے ایک نوٹس کے ذریعے درخواستیں طلب کیں ۔اس نوٹس کی تشہیر کے فوراً بعد سینکڑوں امیدواروں نے فارم بھرے ۔دو ماہ کے بعد انٹرویو کا سلسلہ شروع کیا گیا۔ کلپتی پروفیسر محمد اخلاق کو بہت سے سفارشی فون آنا شروع ہوئے لیکن انھوں نے بڑی صاف گوئی سے سفارش کرنے والوں کو یہ کہہ دیا کہ اگر امیدوار قابل ہوگا تو وہ ممتحنین کو مطمئن کرے گا اور اُس کی سلیکشن ہوجائے گی بصورت دیگر اگر نالائق ہوگا تو سلیکٹ نہیں ہوگا۔ اُنھیں اس بات کا احساس تھا کہ دانش گاہوں میں جب سفارش کی بنیاد پر نالائق لوگوں کی سلیکشن کی جاتی ہے تو وہ نسلوں کو تباہ کردیتے ہیں ۔یہی وجہ تھی کہ وہ قابل ،ذہین ومتین اور باادب وبااخلاق اُمیدواروں کی سلیکشن کروانے میں کامیاب ہوئے ۔عالیشان عمارتوں، مختلف قسم کے پیڑ پودوں اور پھولوں سے آراستہ سرسوتی دانش گاہ کا ماحول انتہائی دلکش اور جاذب نظر تھا ۔ہر شعبے کی عمارت کو رنگ وروغن اور اقوالِ زریں سے اس طرح سجایا گیا تھا

تا کہ دُور سے اُس کی پہچان ہو سکے۔اب تو یہ عالم تھا کہ دانش گاہ کے تعلیمی معیار اور سدا بہار ماحول میں جو کوئی بھی داخل ہوتا تو اُس کا دل یہاں سے واپس جانے کو نہ چاہتا تھا۔

ہر سال کی طرح جب مختلف شعبوں میں ریسرچ ورک کے لئے نوٹس نکالا گیا تو بہت سے امیدواروں نے فارم بھرے۔اُن میں قابل امیدواروں کا پتا لگانے اور اُن کی جانچ پرکھ کے لئے ایک تحریری امتحان رکھا گیا۔مقررہ تاریخ پر بہت سے امیدوار امتحان میں بیٹھے۔ہندی وبھاگ میں پی ایچ ڈی کی چھ سیٹیں تھیں۔ پچپن امیدواروں میں اکیس امیدوار امتحان میں کامیاب قرار دیے گئے۔ ہندی وبھاگ کے ادھیکش لوک سیوک ایک قابل،خوددار اور جہاں دیدہ انسان تھے۔انھوں نے دو دن بعد کامیاب امیدواروں کے زبانی امتحان کی تاریخ طے کردی۔ ہندی وبھاگ کے تمام اساتذہ نے مقررہ تاریخ پر زبانی امتحان کا سلسلہ شروع کردیا۔نمبر وار ہر امیدوار کو اندر الگ ایک کمرے میں بلا کر اُس کی ادبی دلچسپی کے بارے میں پوچھتے۔اُس کے تلفظ اور موضوع پر دھیان دیتے پھر اُس سے سوالات پوچھتے۔اساتذہ اس بات کی بھر پور کوشش کرتے کہ ذہین، ہوشیار اور قابل امیدواروں کا تحقیقی کام کے لئے انتخاب ہو۔اس لئے زبانی امتحان میں دو دن لگ گئے۔بالآخر اساتذہ نے چھ اُمیدواروں کے نام ترتیب وار ایک لسٹ میں شامل کردیے اور لسٹ منوہر لعل سینئر اسسٹنٹ کے حوالے کردی۔انھوں نے جونہی منتخب امیدواروں کے نام، ولدیت اور حاصل شدہ نمبرات کے کالم بھرنے کے لئے کمپیوٹر آن کیا تو اسی دوران اُن کے دوست راجن اور ساجن اُن کے پاس آ کے بیٹھ گئے۔پہلے تو تینوں کے درمیان کچھ ہنسی مذاق کی باتیں ہوتی رہیں پھر منوہر لعل نے کمپیوٹر پر کام کرنا شروع کردیا۔وہ کام بھی کررہے تھے اور دوستوں کے ساتھ باتیں بھی کررہے تھے کہ اسی دوران ساجن نے اپنے موبائل پر ایک ویڈیو دیکھی جس میں ایک مداری، آدمی کو کبوتر اور سانپ کو خرگوش بنانے کا کرتب دکھا رہا تھا۔ساجن نے اپنے دوستوں کو اپنی جانب متوجہ کرتے ہوئے کہا

''یارو! یہ دیکھو! دُنیا میں انسان کیا کیا کارنامے انجام دے رہا ہے۔حیراں ہوں ان دو آنکھوں سے کیا کیا دیکھوں!''

منوہر لعل نے کہا

''دوست! یہ انٹرنیٹ کا زمانہ ہے۔سائنس ناممکنات کو ممکنات میں بدل رہی ہے۔پوری دُنیا آج ہمارے ہاتھ میں آ گئی ہے''

راجن نے کہا

''دوستو! میرا خیال تو یہ ہے کہ انٹرنیٹ نے جہاں ہمیں بہت سی سہولیات مہیا کروائی ہیں تو وہیں بہت کچھ ہم سے چھن گیا ہے۔کیا تم میری اس بات سے اتفاق کرتے ہو کہ فیس بک، واٹس ایپ اور یُوٹیوب نے ہم سے نیند، سکونِ قلب اور حیا چھین لی ہے؟''

منوہر لعل اور ساجن دونوں دوستوں نے راجن کی بات سے اتفاق کیا۔باتوں باتوں میں منوہر لعل نے کمپیوٹر پہ ہندی میں پی ایچ ڈی کرنے والے امیدواروں کی لسٹ تیار کردی لیکن پہلے امیدوار کے نمبرات کالم میں انھوں نے ایک کالم میں پندرہ نمبرات میں سے سولہ نمبرات لکھ دیے۔منوہر لعل نہایت محنتی، شریف، خوش اخلاق، وقت کے پابند اور سنجیدہ تھے۔ہندی وبھاگ کے ادھیکش لوک سیوک اُن کے کام سے مطمئن تھے۔وہ منوہر لعل کے ہاتھ سے نکلے ہوئے کسی بھی دستاویز پر طائرانہ نظر ڈالتے ہوئے ہستاکھشر کرتے تھے۔کامیاب امیدواروں کی لسٹ تیار کرنے کے بعد اُس پر ہندی وبھاگ کے اساتذہ نے ہستاکھشر کیے۔اُس کے بعد وبھاگ کے ادھیکش لوک سیوک نے اپنی مہر ثبت کی اور اُس پر ہستاکھشر کیے۔آخر پر سنکائے ادھیکش سے ہستاکھشر کروائے گئے۔اس طرح جب ہیرالال نندن کے پاس یہ کامیاب امیدواروں کی لسٹ پہنچی تو انھوں نے بھگوان کا نام لے کر دانش گاہ کی ویب سائٹ پر اپ لوڈ کردی۔لسٹ کو اپ لوڈ کیے ابھی ایک منٹ بھی نہیں ہوا تھا کہ دانش گاہ کے کسی آفیسر کا ہیرالال نندن

کوفون آیا کہ ہندی کی اپ لوڈ کی ہوئی لسٹ کوفوراً ویب سائٹ سے ہٹا دیں کیونکہ اس میں پندرہ نمبرات میں سے ایک امیدوار کوسولہ نمبرات دیے گئے ہیں۔ ہیرالال نندن کے ماتھے پہ ڈروخوف کی وجہ سے سناٹا سا چھا گیا۔ پسینے کے قطرے ابھر آئے۔ انھوں نے چشم زدن میں ویب سائٹ سے لسٹ ہٹادی لیکن تب تک وہ سوشل میڈیا کی تند وتیز لہروں کی زد میں آچکی تھی۔ سرسوتی مرکزی دانش گاہ کے سینئر اسسٹنٹ کی ایک معمولی سی غلطی کو زیادہ تر اُن لوگوں نے فیس بک اور واٹس ایپ پر اتنا زیادہ اچھالا کہ جن کی سلیکشن سرسوتی مرکزی دانش گاہ میں کسی پوسٹ پہ نہیں ہوئی تھی۔ وہ لوگ اس بات کو بھول گئے تھے کہ انسان بشر ہے اور بشریت اُس کی سرشت میں ہے۔ واٹس ایپ ،فیس بک اور اخبارات میں اس معمولی سی لغزش پر اک کہرام مچا دیا گیا۔ مایوسی ،شرمساری اور بے بسی کے سائے دانش گاہ کے ہر چھوٹے بڑے آفیسر تک پہنچے لیکن کوئی کیا کرسکتا تھا کیونکہ جان ،جسم سے اور تیر کمان سے واپس نہیں آتے۔ ہاں اس معمولی غلطی سے ایک بہت بڑا فائدہ یہ ہوا کہ سرسوتی دانش گاہ کے تدریسی اور انتظامیہ عملے کے ملازمین ہر کام کرنے سے پہلے خوب سوچتے ہیں ،کوئی بھی دفتری دستاویز تیار کرنے کے بعد اُسے بار بار چیک کرتے ہیں کیونکہ اُنھیں پندرہ،سولہ والی غلطی کا شدید احساس ہے۔

☆☆

عظیم راہی

دعوت نامہ

آج وہ بہت حیران بناہوا تھا۔ جب اسے واٹس ایپ پر میسیج ریسیو ہوا تھا تو وہ ورطۂ حیرت میں پڑ گیا۔ اینڈ رائیڈ کے اسکرین پر یہ دیکھ کر تقریباً سال بھر پہلے کے واقعات جو اس سلسلے میں اس کی یادداشت میں محفوظ تھے۔معاًیاد آ گئے۔وہ ساری باتیں تازہ ہوگئیں۔ اچانک اس میسیج کو پا کر وہ اپ سیٹ ہوگیا۔لیکن دوسرے ہی پل ایک عجیب سی مسرت اس کے چہرے پر پھیل گئی۔

دراصل ایک برس قبل صدیقی صاحب نے اسی طرح واٹس ایپ پر اپنے انجینئر بیٹے کی شادی کا رقعہ پوسٹ کیا تھا۔ پہلے ایک وقت تھا جب ان سے فون پر ڈھیر ساری باتیں ہوتی تھیں۔ روز نہ سہی' ہفتہ میں ایک بار گفتگو جیسے لازمی تھی۔کسی ادبی پروگرام کے سلسلے میں ممبئی جانا ہوتا یا دفتر کا کوئی کام وہاں نکل آتا تو شخصی ملاقاتیں بھی اکثر وبیشتر ہو جایا کرتی تھیں۔اصل میں اس کا رشتہ ہی کچھ ایسا تھا سب کچھ ناگزیر تھا۔ایک تو وہ چچازاد بہنوئی اور اس کے ساتھ ہی چچازاد ہم زلف بھی تھے اور سونے پر سہاگہ کے مصداق ہم محکمہ بھی تھے۔ البتہ عہدے ضرور مختلف اور الگ الگ شہروں میں مقیم تھے۔ جہاں وہ دونوں برسر کار تھے۔صدیقی صاحب اپنی ملازمت کے سلسلے میں ممبئی میں آباد تھے اور وہ اورنگ آباد میں قیام پذیر تھا لیکن الگ الگ شہروں میں آباد ہونے کے باوجود دونوں کے مزاجوں میں بڑی ہم آہنگی اور طبیعتوں میں محبت وخلوص اور ملنساری چاشنی تھی۔لیکن وقت اور حالات ہمیشہ ایک جیسے نہیں رہتے۔بعد میں ان دونوں کی مصروفیتیں کچھ ایسی بڑھتی گئیں کہ پہلے جو ہفتے میں ایک بار ضرور بات کیا کرتے تھے اور اکثر ملا کرتے تھے۔اب ان کی ملاقاتوں کو وقت نے ایسا بریک لگا دیا تھا۔جیسے ایک دوسرے سے ملاقات ہوئے برسوں بیت گئے ہو۔سب کی زندگی مشینی ہوگئی ہے۔ممبئی کے لوگوں کی زندگی تو مشینی اور انتہائی تیز رفتار ہے ہی' لیکن چھوٹے شہروں کا اب تقریباً یہی حال ہوگیا ہے۔چھوٹے شہر بھی آج کل اسمارٹ سٹی بن رہے ہیں۔

لیکن آج اس کے لیے یہ بات واقعی حیرت انگیز کی تھی کہ صدیقی صاحب نے اپنے ہونہار لڑکے کی شادی کا رقعہ واٹس ایپ پر بھیجا تھا۔جو ولیمہ کی تقریب کا دعوت نامہ تھا۔جس میں نکاح کا دور دور تک ذکر نہیں تھا۔اُسے بڑا عجیب سا لگا آخر عقد کہاں ہے؟ اس کے حساس ذہن میں سوال ابھرا۔اتنے مراسم کے بعد نہ کوئی پیشگی اطلاع اور نہ فون وغیرہ۔ٹکنالوجی نے فاصلوں کو سمیٹ کر رکھ دیا ہے تو پھر رشتوں میں یہ دوریاں کیوں بڑھ گئی تھیں۔؟ یکایک اُس کے ذہن محور پر سوال اُبھرا اور وہ سوچتا رہا۔اور سوچ سوچ کر اپنے ہی سوال کے جال میں الجھتا رہا۔ابھی اسی الجھن میں گرفتار تھا تو دو دن کے بعد ایک دوسرا رقعہ موصول ہوا جو حیدرآباد میں نکاح کا دعوت نامہ تھا۔یہ بھی واٹس ایپ پر موبائیل کے اسکرین پر چمک رہا تھا۔حیدرآباد میں شادی کا رقعہ ملنے سے پہلے ہی ولیمہ کا دعوت نامہ ملنے کے سبب اس نے ممبئی کا ریزرویشن کروالیا تھا۔ویسے اس کا جی تو نہیں چاہ رہا تھا کہ ولیمہ میں بھی شرکت کرے کہ ان کا کوئی فون اور نہ ہی پیشگی اطلاع دی گئی تھی۔جبکہ صدیقی صاحب نے اپنے انجینئر بیٹے کی شادی کے سلسلے میں اُس نے کئی بار رابطہ قائم کیا تھا۔

دراصل صدیقی صاحب اچھے رشتے کی تلاش میں ایک عرصے سے سرگرداں تھے اور اس سلسلے میں کافی پریشان تھے۔اپنے کمائی پوت انجینئر بیٹے کے لیے انجینئر بہو چاہتے تھے۔انجینئر بہو کے لیے اُن کے اپنے شہر میں بھی بہت سی مل سکتی تھیں۔لیکن اُن وہاں ماحول پسند نہیں تھا لہٰذا دوسرے شہروں میں جہاں ان کے

قریبی رشتے دار تھے وہاں اُنہوں لڑکی کی تلاش شروع کی ۔ پہلے فون پر رابطہ قائم کرتے اور پھر نشاندہی ہونے پر دونوں میاں بیوی رشتے کی تلاش میں نکل پڑتے ۔چونکہ اُن کا لڑکا IIT MUMBAI سے ماسٹر ڈگری یافتہ اور ایک بڑی کمپنی میں اچھے عہدے پر فائز تھا لہٰذا اس لحاظ انجینئر بہو بھی چاہتے تھے ۔حالانکہ ڈاکٹر لڑکے کے لیے ڈاکٹر لڑکی انتخاب کرنا تو عام سی بات ہے لیکن یہ اُن کی منطق ہی کہی جاسکتی تھی کہ لڑکے کے برابر اور وہ بھی اچھے خاندان سے تعلق رکھتی ہوں' اور خوبصورت بھی ہو' اور ساتھ ہی مالی حالت کے اعتبار سے وہ لوگ مستحکم حیثیت کے مالک ہو۔ اتنی ساری چیزیں ایک گھرانہ میں وہ بھی انجینئر لڑکی کی شرط کے ساتھ ملنا ذرا مشکل تھی ۔لیکن بہر حال تلاش جاری تھی ۔اس سلسلے میں صدیقی صاحب کئی بار اورنگ آباد آئے اور کئی لڑکیاں دیکھیں ،قریب کے احباب کے پاس وہ لے کر گیا۔ بہت اچھی ضیافتیں بھی ہوئیں لیکن نتیجہ صفر رہا۔ بعد میں اُس نے مشاط کے ذریعے چند مزید رشتوں کی نشاندہی کروائی لیکن کہیں لوگ پسند نہیں آئے تو کسی جگہ لڑکی خوبصورت نظر نہیں آئی تو کسی جگہ ماحول اچھا نہیں لگا اور جہاں صدیقی صاحب کی بیوی کو لڑکی پسند آگئی تو وہاں لڑکی والوں نے اپنے شہر سے باہر دینے سے انکار کردیا۔ بہر کیف اس رشتے کے سلسلے میں انہوں نے اورنگ آباد کے کئی چکر لگائے اور بہت ساری لڑکیاں دیکھیں مختلف جگہ گئے ۔شہر میں تفریح کی ۔بی بی کا مقبرہ، پن چکی اور سدھارتھ گارڈن گئے ۔ دولت آباد کے قلعہ کی سیر، خلد آباد کی درگاہوں کی زیارت کی اور غار ہائے ایلورہ کا نظارہ بھی کیا۔خوب ضیافتیں اُڑائیں اور یوں گھوم پھر کر سیر وتفریح کا لطف اٹھا کر واپس چلے گئے ۔لیکن کوئی مثبت نتیجہ نہیں نکلا بعد میں صرف اتنا معلوم پڑا کہ اچھی لڑکی کی تلاش 'ہنوز دلی دور است' کے مصداق جاری ہے ۔اس کے بعد کوئی اطلاع ملی اور نہ رابطہ قائم رہا۔ ویسے رابطہ قائم ہو یا نہ ہو رشتہ تو اپنی جگہ قائم رہتا ہے ۔اس طرح بات آئی گئی ہوگئی ۔اور ان سے اس سلسلے میں اس کا کوئی خاص تعلق بنا رہا نہ فون سے اور نہ ہی سوشل میڈیا کے ذریعے بھی کوئی خاص رابطہ قائم رہا تھا ۔حالانکہ اسے لگتا تھا کہ سوشل میڈیا سے رشتے تو قائم ہوجاتے ہیں لیکن یہ رشتے مصنوعی لگتے ہیں جن میں حقیقی رشتوں کی کشش ہوتی ہے اور نہ ہی محبت وہ گرمی' لیکن اب کیا کیا جائے ایسے ہی رشتوں کا چلن عام ہوگیا ہے اور انہی پر انحصار کرنا پڑتا ہے ۔

انہی حالات میں شب و روز گذرتے گئے ۔وقت تیزی سے بدلتا گیا۔ وہ بھی اپنے کاموں میں مگن اور اپنی ذمہ داریوں میں بے حد مصروف ہوگیا۔ لیکن اچانک اتنے دنوں بعد ایکدم سے واٹس ایپ پر رقعہ پہلے ولیمہ کا جوان کے مستقر ممبئی میں تھا۔ اور پھر شادی کا میسیج جو حیدرآباد میں تھی کہ رشتہ وہاں طئے ہوا تھا۔ اسے ایک دوست سے اتنا معلوم ہوا تھا کہ حیدرآباد کے ایک بڑے گھر کی لڑکی پسند آگئی ہے ۔لڑکی انجینئر ہے اور رشتہ بہت عجلت میں طئے ہوا ہے ۔ بظاہر اسے بہت خوشی ہوئی لیکن اسے پہلے سے کوئی اطلاع نہیں دی گئی اس بات کا بہت خیال ہوا۔ شکایت بھی رہی لیکن اس نے خود فون کر کے صدیقی صاحب سے شادی کے سلسلے میں بات کرنا مناسب نہیں سمجھا ۔البتہ اپنی شرکت کو ضروری سمجھ کر ٹرین کا ریزرویشن کروالیا ۔معاً وہ سوچنے لگا ۔'' کیا ترقیوں کا دور آگیا ہے ۔وہ زمانے لد گئے جب لوگ باگ سرخ سیاہی میں خط لکھ کر پہلے رشتہ ہونے کی اطلاع دیتے تھے ۔منگنی کی رسم بڑی دھوم دھام سے انجام پائی تھی ۔اور پھر شادی کے کارڈ چھاپ کر ایک مہینہ قبل پوسٹ کئے جاتے تھے ۔ اور مقامی طور پر پانچ دن کی شادی کی دعوت سرخ کاغذ میں الائچی لپیٹ کر دی جاتی تھی ۔مقامی اور دور دراز کے رشتہ داروں سے بھی شادی کے پانچ دنوں کے رسومات جیسے منڈوے' منجے' ہلدی' مہندی اور سانچق میں شرکت کی خواہش کی جاتی ۔اور یہ توقع کی جاتی تھی سب رشتہ داران تمام رسوم میں

شریک رہے۔

شادی کے کارڈس بیرونی شہر کے رشتہ داروں کو وقت پر ملے یا نہیں یہ بھی معلوم بھی کیا جاتا تھا۔لیکن بدلتے ہوئے وقت کے ساتھ وہ آداب زندگی اور پرانی تہذیب بالائے طاق رکھ دی گئیں۔اور پھر وقت نے ایسی کروٹ لی کہ دیکھتے ہی دیکھتے زمانے کی ترقی نے اس رواج کو عام بنا دیا جب سیل فون کے سلسلے شروع ہوئے۔اور پھر ترقی کی رفتار ایسی تیز ہوتی گئی کہ انٹرنیٹ کی شروعات سے ڈیجیٹل دور کا آغاز ہوگیا اور سب کچھ منٹوں میں ممکن ہوگیا اور اہم کام پل بھر میں انجام پانے لگے۔لہٰذا لوگ سوشل میڈیا سے آن لائن جڑے رہنے لگے البتہ شادی بیاہ کے رقعے لوکل میں دستی طور پر تقسیم ضرور کئے جاتے۔لیکن دوسرے مقامات پر پوسٹ اور کورئیر کی سہولتوں کے ساتھ ساتھ اب ان کے بجائے آن لائن خدمات کو زیادہ معتبر سمجھا جانے لگا۔''

لیکن آج بھی معاشرے میں خان صاحب جیسے لوگ ہیں۔جو اپنی قدیم روایتوں کے دلدادہ ہے اور اپنی اُسی دنیا میں مگن رہنا چاہتے ہیں۔خان صاحب اپنے مزاج اور طبیعت کے اعتبار سے بھی پٹھان تھے۔وہ صدیقی صاحب کے نزدیک کے رشتے دار تھے اس لحاظ سے اس کے بھی رشتہ دار ہوئے اور یوں ان کا مشترکہ رشتہ قائم تھا۔خان صاحب ناسک میں رہتے تھے۔اس لحاظ سے ممبئی سے اورنگ آباد کے بیچ میں جس طرح ناسک واقع ہے بالکل ویسے ہی اس کے اور صدیقی صاحب کے درمیان خان صاحب ہیں۔جو عمر میں ان دونوں سے بڑے تھے اور ایسے مشترکہ رشتے کی محبتوں کو پانا ذرا مشکل ہوتا ہے کہ ان دوہرے رشتوں میں اختلاف کی گنجائش جلدی نکل آتی ہے۔لیکن اگر یہ محبتیں مل جائیں تو پھر ان اٹوٹ رشتوں کی محبتوں کی نظیر ملنا بھی ذرا مشکل ہوتی ہے۔ویسے بھی رشتوں میں اگر بے اعتنائی اور سرد مہری کا رویہ قائم رہے تو پھر رشتے برائے نام ہو کر رہ جاتے ہیں لیکن خان صاحب تو ہر پل رشتوں کی محبتوں میں ڈوبے رہتے انہی خوشیوں میں سرشار رہتے رشتے داروں کے دُکھ سوکھ میں برابر شریک رہتے' ایسی بے مثال محبتوں والے انسان تھے خان صاحب'۔شاید اسی لیے وہ ہر وقت اپنے اصولوں پر ڈٹے رہتے۔آج بھی ہر معاملے میں ان کے خیالات وہی پرانی ڈگر کے تھے۔وہ اپنی اسی روش پر پوری طرح سے قائم تھے اور اپنی انہی روایتوں سے جڑے ہوئے تھے۔لاکھ کوئی انہیں سمجھائے انہیں orthodox ہونے کا طعنہ دیں۔وہ اپنی عادتوں سے باز آتے اور نہ اپنی جگہ سے ٹس سے مس ہوتے چاہیے دنیا ادھر کی ادھر ہو جائے۔وہ اپنی بات پر اڑے رہتے۔خاص طور فی زمانہ سوشل لائف میں' اپنی معاشرتی زندگی کے تمام معمولات اور معاملات میں اپنی پرانی روش اور قدیم روایتیں ہی انہیں اپنی جان سے زیادہ عزیز تھیں جو انہیں ان کے بزرگوں سے ورثے میں ملی تھیں۔وہ ان سے کسی طرح دستبردار ہونا نہیں چاہتے تھے۔لہٰذا جب ان کو صدیقی صاحب کے انجینئر بیٹے کی شادی کا رقعہ واٹس ایپ پر موصول ہوا تو وہ بہت ناراض ہوگئے۔پہلے تو بڑے شش و پنج کا شکار ہوئے اور پھر انتہائی تذبذب کے عالم میں فوراً اسے فون کیا کہ ان دونوں میں وہی ثالثی کردار کی حیثیت رکھتا تھا۔سلام دعا کے بعد فوراً شروع ہوگئے۔''تمہیں معلوم' تمہارے ہم رفیق کار نے مجھے واٹس ایپ پر شادی کا رقعہ بھیجا ہے عثمانی۔''

''خان صاحب' دراصل آج کل پوسٹ سے ڈاک وقت پر نہیں ملتی ہے اور نہ ہی کوئیر کی سروس بھی اتنی فاسٹ ہے اور اکثر لوگوں کے گھروں کے پتے بھی جلدی نہیں ملتے ہیں۔اس لیے سوشل میڈیا کا سہارا لیا گیا ہے۔'' عثمانی نے جیسے صدیقی صاحب وکالت کی۔

یہ سن کر خان صاحب اور جز بز ہوگئے اور کہا۔''ہوسکتا ہے عثمانی تم ٹھیک کہہ رہے ہو۔لیکن میں یہ نہیں مانتا۔''

''خان صاحب کچھ باتیں ماننی پڑتی ہیں۔حالات کے

اعتبار سے بھی اور رشتہ داری میں کچھ چیزیں لائٹ لینی پڑتی ہیں''۔

''کیا مطلب ہے تمہارا عثمانی میں سمجھا نہیں۔'' خان صاحب کا لہجہ تیز ہو گیا تھا۔

''بات کو سمجھئیے خان صاحب، رشتہ بہت جلدی میں طئے ہوا ہے۔لہٰذا کم وقت ہونے کی وجہ سے انہوں نے اس فاسٹ طریقے کو اپنایا ہے۔''

اس نے سمجھانے کی اپنی سی کوشش کی۔

''ٹھیک ہے عثمانی، ہو سکتا تم ٹھیک کہہ رہے ہو اگر اس وجہ کو معقول مان لیا جائے تو پھر سیل فون پر تو یہ اطلاع دے سکتے تھے ۔کیا عثمانی ہم اتنے گئے گزرے ہو گئے ہیں کہ ان کی نظروں میں ایک فون سے بھی گئے۔

''یہ بات صحیح ہے خان صاحب، ان کو فون ضرور کرنا چاہیے تھا شاید نیٹ ورک کا problem رہا ہوگا۔۔۔۔۔۔'' عثمانی نے استدلال پیش کیا۔ان کا لہجہ بدستور تیز تھا۔ان کا غصہ کم کرنے اس نے لطف آمیز انداز میں کہا۔''خان صاحب، آپ کا فون Out of Coverge رہا ہوگا۔''

''اور تمہارا فون انہیں ضرور مل گیا ہوگا'' خان صاحب نے ترکی بہ ترکی جواب دیا۔

''نہیں بھئی مجھے بھی ان کا فون نہیں آیا شاید ہی بات رہی ہو۔''

لیکن خان صاحب بیچ میں بولے پڑے۔''تم ایک ڈیپارٹمنٹ میں ہونے کی وجہ سے صدیقی صاحب کی طرف داری کر رہے ہو۔''

''اتنی اہم بات کو تم چھوٹی موٹی بات کہہ کر ٹال دے رہو عثمانی۔''

نہیں، ایسی کوئی بات نہیں ہے خان صاحب دراصل آدمی کو وقت کے ساتھ چلنا چاہیے۔موقع محل کی نزاکت کو سمجھنا چاہیے اور اس گلوبل ایج میں ان چھوٹی موٹی باتوں کو نظر انداز کر دینا چاہیے۔''

''دیکھیے، میں اورنگ آباد سے ممبئی ولیمہ میں شرکت کر رہا ہوں اور تم تو ناسک میں ہو، ممبئی سے اور بھی قریب رہتے ہو، تمہارے لیے تو کوئی مسئلہ نہیں ہے''۔

''مسئلہ کیوں نہیں عثمانی، ہر ایک ساتھ کچھ نہ کچھ پرابلم ہوتا ہے۔ارے وقت پر فوری طور پر کہیں جانا اتنا آسان نہیں ہوتا ہے جتنا تم سمجھ رہے ہو۔ارے بھئی آج کل تو لوکل میں بھی جانے کے لیے دس بار سوچنا پڑتا ہے اور پہلے سے پروگرام بنانا پڑتا ہے۔''

''ہاں خان صاحب، آسان تو کچھ نہیں ہوتا ہے۔لیکن جہاں چاہ ہوتی ہے وہاں راہ نکل ہی آتی ہے۔''

''ہاں عثمانی، تمہارے لیے یہ کہہ دینا آسان ہے ساری باتیں چاہتیں ہمارے لیے ہی ہیں۔اور تمہارے صدیقی صاحب کے لیے ہمارے دل میں کوئی جگہ نہیں اور نہ ہماری کوئی اہمیت''۔

''اہمیت تو بہت ہے اسی لیے تو آپ کو بلایا ہے۔''

''اچھا اس طرح اُنہوں نے اجنبیوں کی طرح ایپ پر میسیج ڈالدیا اور بس فری ہو گئے''۔

''خان صاحب، ناراض کیوں ہوتے ہو آج کے گلوبل ایج میں یہ سب چلتا ہے بھئی''۔

''عثمانی تمہیں ضرور چلتا ہوگا لیکن مجھے نہیں، سمجھے۔''

''خیر آپکی شرکت ضروری ہے اس لیے اگر ممکن ہو تو کوشش کیجیے گا''۔

''ضرور کرتا اگر صدیقی صاحب کم از کم مجھے ایک فون ہی کر لیتے تمہاری طرح اصرار نہ سہی، بس ایکبار پوچھ لیتے تو اطمینان ہو جاتا اور میں ضرور تمہاری بات پر غور کرتا۔''

''اچھا خان صاحب آپکی مرضی، میں آپ کی شکایت

ضرور ان تک پہنچادونگا۔'' اس نے آخر ہتھیار ڈالتے ہوئے کہا۔

''اس سے مجھے کیا حاصل ہوگا بھئی عثمانی۔''

''شاید آگے وہ آپ کا خیال ضرور رکھیں گے۔ کم از کم آپ کے مزاج کے لحاظ سے خان صاحب' میرا اصرار اس لیے بھی ہے کہ اگر آپ آجاتے تو اس طرح ہماری ملاقات بھی ہوجاتی۔''

''ہاں' یہ ضرور پلس پائنٹ ہے مگر تمہارے بیٹے کی شادی ہوتی تو میں ضرور آجاتا عثمانی یہاں صدیقی صاحب کا میرا اتنا قریبی رشتہ ہو کر جس طریقہ سے اُنہوں نے رقعہ بھیجا ہے وہ بات میری سمجھ سے باہر ہے''۔

''خیر ٹھیک ہے مرضی آپ کی خان صاحب۔''

''لیکن سنو عثمانی' میرے بیٹے کی شادی ہوگی تو میں تمہیں ضرور Speed Post سے رقعہ بھیجوں گا اور تمہاری شرکت یقینی بنانے رکھنے کے لیے یاددہانی کے طور پر فون بھی کروں گا''

اُس نے دل میں سوچا' وعدہ تو سب کرتے ہیں۔ مگر وقت پر دعوت نامہ دینا ہی بھول جاتے ہیں۔ لیکن اس نے ایسا کچھ نہ کہتے ہوئے بات صرف اتنا کہہ کر ختم کردی۔''میں ضرور شرکت کروں گا۔ انشاءاللہ۔'' آخر یوں فون پر اس طویل گفتگو کا سلسلہ منقطع ہوا۔

خان صاحب کی ان باتوں کا اس نے کوئی خیال نہیں کیا۔ صدیقی صاحب کے یہاں شادی کی تیاریوں میں مصروفیت کا خیال کرتے ہوئے ان سے فون پر کچھ کہنا بھی مناسب نہیں سمجھا۔ اور ٹرین کے ریزرویشن کے مطابق نکل کر وقت مقررہ پر تقریب ولیمہ میں ممبئی پہنچ گیا۔ اس کی شرکت سے صدیقی صاحب بہت خوش ہوئے اس نے دلی مبارکباد پیش کی بڑے تپاک سے ملے اور خوشی سے بغل گیر ہوگئے۔ خان صاحب کے بارے میں پوچھا تو اس نے ان کی شکایت کا ذکر کردیا تو صدیقی خان بہت برہم ہوگئے اور کہا۔

''عثمانی' انہیں کہنا تھا کہ بھئی وقت کے ساتھ چلنا سیکھیئے یہ ڈیجیٹل دور ہے گیا وہ پرانا دور، یہاں ہر چیز آن لائن منٹوں میں ہورہی ہے اور یہ اپنے پرانے زمانے میں ہی جی رہے ہیں جب لوگ گھوڑے بیچ کر سوتے تھے اور خلیل خان فاختہ اڑاتے تھے۔ اسی لیے تو آج بھی لکیر کے فقیر بنے ہوئے ہیں اور جہاں کے وہیں بڑے ہیں۔''

وہ کچھ اور کہتا تو بات بڑھ جاتی۔ خاموشی میں عافیت تھی۔ ویسے بھی یہ خوشی کا موقع تھا۔ رنگ میں بھنگ نہ پڑے اور قبل اس کے بات طول پکڑے' موقع کی نزاکت کو سمجھتے ہوئے اس نے گفتگو کا رخ بدل دیا۔ اس کی شرکت سے وہ بہت خوش تھے اور پھر انہوں نے حیدرآباد کے مہمانوں سے فرداً فرداً تعارف کروایا۔ اور وہ لوگ بڑے تپاک سے ملے دیگر رشتہ داروں سے بھی ملاقات ہوئی۔ سب بہت خوش ہوئے۔ ہنسی وخوشی کے خوشگوار ماحول میں رات دیر گئے تک ولیمہ کا پروگرام چلتا رہا۔ دوسرے دن وہاں سے اس کی واپسی ہوئی۔

وقت تیزی سے گذرتا گیا۔ وہ بھی اپنی مصروفیات میں منہمک ہوگیا۔ ذمہ داریوں میں لگ گیا۔ اور زندگی اپنے معمول سے گذرنے لگی۔ آج اچانک ایک عرصے بعد خان صاحب کے بیٹے کی شادی کا رقعہ اسے اپنے واٹس ایپ پر چمکتا دکھائی دیا۔ وہ حیران رہ گیا۔ اس کے لیے یہ عجیب اتفاق تھا کہ جس نے ڈھیر ساری شکایتیں کی تھیں اور اس سلسلے میں اپنی کئی تاویلیں پیش کی تھیں۔ آج اپنے لڑکے کی شادی کا رقعہ واٹس ایپ پر پوسٹ کردیا۔ وہ تو حیرتوں کے سمندر میں غوطہ زن ہوگیا۔ لیکن زمانے کی ترقیوں کی دوڑ میں خان صاحب جیسے آدمی کو شامل دیکھ کر دوسرے ہی پل اس کی حیرانی خوشی میں بدل گئی اور طمانیت کے ایک نئے احساس کے ساتھ تقریب کی شرکت کی خوشی بھی شامل ہوگئی۔ وہ دوہری خوشی کے جذبے سے سرشار ہوا اُٹھا اور پھر اس دعوت نامہ کی وہ روشنی' جو موبائیل کے اسکرین پر چمک رہی تھی اس کے چہرے پر خوشی بن کر پھیل گئی۔

☆☆

جیلانی بانو

ایک دوست کی ضرورت ہے

۶۵ سال کے ایک ریٹائرڈ شخص کو ایک دوست کی ضرورت ہے۔

اس کی فیملی ہے۔علم، ادب، آرٹ اور سنگیت کا شوقین ہے۔

''دوست کی کسی بھی کمزوری اور کوتاہی کو نظر انداز کر کے ہاتھ ملانا ہے''۔

نیوز پیپر میں اشتہار پڑھ کر ڈاکٹر نائیک ہنسنے لگے۔

''۶۵ برس تک سے کوئی دوست نہیں ملا؟''

''جانے کتنے دوستوں سے دشمنی کر چکا ہے؟'' راشد نے کارڈ بانٹتے ہوئے کہا۔

''اسی لیے اسے اب بھی کوئی دوست نہیں ملے گا۔'' وہ سب ایک ساتھ ہنسنے لگے۔

''۶۵ برس گزار دیئے اس نے کسی دوست کے بغیر! کتنا اکیلا ہوگا وہ! میری طرح......''

سورن سنگھ سر جھکا کر سوچنے لگا...... گھر میں بیوی ہے۔بچے ہیں...... آس پاس دوست بیٹھے ہیں۔ ہاتھ میں رمی کے کارڈ لیے ہر طرح سے مجھے مات دینا چاہتے ہیں......جس کی طرف ہاتھ بڑھاؤں وہ پیچھے ہٹ جاتا ہے.......

سورن سنگھ نے چائے کا کپ رکھ دیا...... بے بسی سے ہاتھ ملنے لگا۔

اتوار کا دن تھا...... وہ سب رمیش کے گھر بیٹھے ہی کھیل رہے تھے۔

رمی تو ایک بہانہ تھا...... ہفتے بھر کی تھکان اور بوریت کم کرنے کے لیے وہ سب کسی ایک جگہ ساتھ بیٹھ کر خوب ہنستے۔ بیئر پیتے...... بیوی بچوں سے دور......آفس سے دور......سیاسی دہشت سے دور...... جو دوست وہاں نہیں ہے اس کی برائیاں کر کے جی خوش کرتے۔

''بور کرتا ہوگا سالا دوستوں کو...... تمہاری طرح......'' نائیک نے بیئر کا گلاس اٹھا کر کہا۔

''تو پھر تم بن جاؤ اس کے دوست......ڈاکٹر ہو۔اس کے دکھ کی دوا دے دو......'' سب ہنس پڑے۔

''اتنے دوست یہاں بیٹھے ہیں۔ان کے ظلم کچھ کم ہیں کہ ایک اور ہارٹ پیشنٹ کو لے آؤں......؟

وینکٹ کے تھپڑ سے بچتے ہوئے نائیک نے کہا۔

''اشتہار یوں دیا ہے جیسے ایک نوکری کی، ایک ڈرائیور کی ضرورت ہے۔''

''سالا سمجھتا ہے دوست بھی مارکیٹ میں بک رہے ہیں۔

ریاض نے کارڈ ٹیبل پر ڈال کر سگریٹ منہ میں دبایا۔

''کیا میرا کوئی دوست ہے؟ یہ بات امتیاز نے سگریٹ کے ساتھ جلائی اور لائیٹر دبا کر بجھادی۔

''اسے ایک دوست کی ضرورت ہے۔مگر دوست کون ہوتا ہے۔۶۵ برس میں بھی اسے پتہ نہیں چلا۔''

''تمہاری صورت دکھادیتے ہیں اسے۔ پھر توبہ کر لے گا

دوست بنانے سے۔''

سورن سنگھ نے امتیاز کے گھونسے سے بچتے ہوئے کہا۔

''ہاں میری صورت دکھا دو اسے.....'' امتیاز نے گردن جھکا لی۔

یہ سب جو میرے پاس بیٹھے ہیں..... کیا میرے دوست ہیں؟ ایک دوسرے کو نیچا دکھانے کے لیے ہم سب دوسروں کی غلطیوں، کوتاہیوں کی تاک میں رہتے ہیں اور پھر اس کی حماقت پر سب کے قہقہے ایک ساتھ گونج اٹھتے ہیں۔

''سالا بور کرتا ہوگا گھر والوں کو..... بیٹی کالج سے کیوں نہیں آئی..... بیٹا کہاں گیا..... بیوی نے فون پر کس سے بات کی.....تم کہاں جا رہے ہو؟''

یہ سب شکایتیں اس کے گھر والوں کو امتیاز سے تھیں۔

وہ دوستوں کو اپنے گھر کے مسائل سناتا رہتا تھا۔

امتیاز کو آج ہی کی بات یاد آئی۔

وہ دہلی میں جس لڑکی سے ملا تھا اس کا آج فون آنے والا تھا۔

اس نے بیوی سے کہا۔

''میرے لیے ایک لڑکی کا فون آئے گا۔ اس سے کہنا میں گھر پر نہیں ہوں۔ شام کو کلب میں ملے۔''

تھوڑی دیر بعد فون آ گیا۔ بیوی نے فون اٹھا کر کہا۔

''تم آج مت آو۔ امتیاز گھر میں ہیں۔''

اسے غصہ آ گیا۔

''میں نے کہا تھا اس لڑکی سے کہنا میں گھر پر نہیں ہوں۔''

''مگر وہ فون میرے لیے تھا.....'' بیوی نے مسکرا کے کہا......

اب وہ دوستوں کے ساتھ بیٹھ کر شراب نہ پیے تو کیا کرے!

مگر آج سب کو قہقہے لگانے کے لیے ایک بات مل گئی تھی۔

''پہلے تو یہ بتاؤ یار کہ کیا ہم کسی کے دوست بن سکتے ہیں؟''

راشد کے اس سوال پر سب ہنسنا بھول گئے۔ سورن سنگھ کے ہاتھ سے کچھ کارڈز نیچے گر گئے۔ نائیک نے بیئر کا گلاس ٹیبل پر رکھ کر دونوں ہاتھوں سے سر کو تھام لیا۔ جب سے ڈاکٹر نائیک سیول سرجن ہو گیا ہے یوں بات کرتا ہے جیسے یہاں سب دل کے مریض بیٹھے ہیں جن کا انجیو گرام ہوگا......

''تھک گئے یار اب.....'' امتیاز نے کارڈز ٹیبل پر ڈال کر انگڑائی لی......

''اوسا دھنا...... دہی بڑے کھلانے کے لیے اور کتنی دیر ترسائے گی تو......؟''

یہ بات سب جانتے تھے کہ دہی بڑے کھانے کے بہانے امتیاز تھوڑی دیر سادھنا سے ہنسی مذاق چھینا جھپٹی کرنا چاہتا ہے۔ گروپ کے سب ہی کا کسی نہ کسی کی بیوی سے رومانس چلتا رہتا تھا۔

مگر راشد کو ایک ہی فکر تھی آج......

''جانے وہ ہندو ہے یا مسلمان؟''

''مسلمان ہے تو ریٹائرڈ ہونے کے بعد حوروں کو ہتھیانے میں جٹ گیا ہوگا۔''

رمیش کی بات پر سب ہنس پڑے۔

''اور ہندو ہے تو رام رام جپنا' پرایا مال اپنا کر رہا ہوگا۔'' امتیاز نے کہا۔

''یار سورن سنگھ۔ تو بھی بتادے کہ جب تیرے بارہ بج جائیں گے تو کیا کرے گا؟''

''اخبار میں اشتہار دوں گا کہ ایک اور دشمن کی ضرورت ہے......''

زوردار قہقہوں کے ساتھ سب بریف کیس سنبھال کر کھڑے ہوگئے......

اگلی اتوار کو......

ایک بہت شاندار خوبصورت بنگلے کے سامنے ایک سات کئی کاریں رُک گئیں..........اور وہ سب ایک دوسرے کو دیکھ کر حیران ہوگئے۔ پھر زور زور سے ہنسنے لگے۔

''میں نے سوچا ذرا دیکھ آؤں کہ وہ کون احمق ہے جسے ابھی تک ایک دوست بھی نہیں ملا......''

''ہاں......میں نے بھی یہی سوچا تنہا انسان کو کیوں نہ سہارا دیا جائے......''

وہ سب زور زور سے ہنستے ہوئے آگے بڑھے..........

بہت شاندار گھر تھا......پھولوں سے بھرا ہوا لان......

واچ مین نے سب کا نام پوچھا......اور پھر آگے بڑھ کر دھیرے سے بیل بجائی......

ایک خوش شکل اسمارٹ شخص نے دروازہ کھولا......

اونچا پورا' ادھیڑ عمر والا' سفید کھادی کا کرتا پاجامہ پہنے......سفید بالوں سے ڈھکا ہوا سر......ایک کھلی ہوئی کتاب ہاتھ تھامے......وہ سب کو دیکھ کر گھبرا گیا......

''آپ......؟ آپ کون؟ سوری......میں نے آپ کو نہیں پہچانا......''

''آپ ہمیں اس وقت بھی نہیں پہچانیں گے جب ہم آپ کے دوست بن جائیں گے۔''

سورن سنگھ کے ساتھ ہم سب زور زور سے ہنسنے لگے......

''اچھا......اچھا آپ سب میرے دوست بنے کے لیے آئے ہیں......؟ آئیے۔ آئیے۔''

اس نے ایک طرف جھک کر بڑے خلوش کے ساتھ ہم سب کو اندر بلایا......اور پھر ایک شاندار ڈرائنگ روم میں بٹھا کر کہا......

''میں شیام ہوں......کام تو آرکیٹکٹ کا کرتا تھا۔ مگر کچھ بھی نہ بنا سکا۔ صرف توڑ پھوڑ کرتا رہا......اور کیا کہوں؟'' وہ اِدھر اُدھر دیکھ کر سر کھجانے لگا۔

''میں خود نہیں جانتا کہ میں کون ہوں؟''

سب ہنسنے لگے......

ڈرائنگ روم میں ماڈرن آرٹ کی پینٹنگیں تھیں۔ قیمتی فرنیچر......سنگ مرمر کے ایک اونچے استھان پر پتھر کی مورت بنی میرا ہاتھ میں اکتارہ لیے سر جھکائے بیٹھی تھی......جیسے سوچ رہی ہو۔ کون گلی گئیو شیام؟

ٹیبل پر بیئر کی خالی بوتل' بھرا ہوا گلاس' سیل فون اور نیوز پیپر رکھا تھا۔

سب کو بٹھانے کے بعد اس نے بیئر کا گلاس اور بوتل ٹیبل پر سے اٹھائی تو اس کے کانپتے ہاتھ سے چھوٹ کر گلاس زمین گر

گر گیا...... کانچ کے ٹکڑے چاروں طرف بکھر گئے۔

اس نے بڑی ندامت کے ساتھ ہماری طرف دیکھا۔

''سوری...... میرے گھر میں ہر چیز ٹوٹ جاتی ہے۔''

''کوئی بات نہیں کانچ کا گلاس تھا۔ آپ کے ہاتھ سے چھوٹ گیا۔'' نائیک نے ہنس کر کہا۔

''ہاں...... میرے ہاتھ سے ہر چیز چھوٹ جاتی ہے۔ بہانہ ڈھونڈتی ہے۔ بکھر جانے کا......'' شیشہ ٹوٹنے کی آواز سن کر ایک نوکر اندر آیا۔ اس نے گلاس کے بکھرے ہوئے ٹکڑے سمیٹے' فرش صاف کیا تو ڈاکٹر نائیک نے کہا......

''آپ کو ایک دوست کی ضرورت ہے تو ہم سب دوستوں نے سوچا کہ اچھا ہے ایک اور دوست مل جائے۔''

''ایک اور......؟'' اس نے بڑے طنز کے ساتھ مسکرا کے ہمیں دیکھا تو سب ہنس پڑے۔

''میں اُردو کا ایک پروفیسر ہوں۔ ڈاکٹر امتیاز علی۔'' امتیاز نے اس کی طرف ہاتھ بڑھایا تو اس نے بڑی گرم' جوشی سے ہاتھ تھام کر چوم لیا۔

''میں ڈاکٹر نائیک۔ کارڈیالوجسٹ ہوں۔''

''میں سدرن سنگھ بیرسٹر ہوں......''

''میں رمیش چندر۔ ڈی۔ جی آئی۔ پولیس...... لیکن مجھ سے دور مت بھاگیے۔ میں اپنا ڈریس اتار کر آتا ہوں۔''

''میں راشد نیازی......'' راشد نے اس کا ہاتھ تھام لیا۔

''یہ کچھ نہیں کرتے۔ صرف شاعری کرتے ہیں۔'' امتیاز نے ہنس کر کہا۔ آپ کو ان سے بچ کر رہنا ہوگا ورنہ وہ فوراً اپنی نئی غزل سنانا شروع کر دیں گے......'' سب نے مل کر زوردار قہقہے لگائے۔

''شاید راشد ہی دنیا کا سب سے اچھا کام کرتے ہیں...... ٹوٹنے بکھرنے کے اس شور میں پیار اور امن کی پناہ تو ان کی غزل ہی میں ملے گی۔ یا میرؔا کے گیتوں میں۔'' شیام نے راشد سے ہاتھ ملا کر کہا اور سب نے ایک دوسرے کی طرف یوں دیکھا کہ جیسے کہہ رہے ہوں'' یہ بُرا آدمی نہیں ہے۔''

''آپ سے مل کر اچھا لگ رہا ہے۔'' سورن سنگھ نے بڑی خوشی سے کہا۔''

''ہمیں بھی آپ کے گھر آ کر اچھا لگ رہا ہے۔'' امتیاز نے مسکرا کے کہا۔

جی ہاں...... اس گھر میں آ کر ہمیشہ اچھا لگتا ہے جو اپنا نہ ہو......'' اس نے بڑی لاپروائی سے یہ بات کہی مگر راشد نے اسے بڑے غور سے دیکھا۔ جیسے اس نے سب کے دل کی بات کہہ دی ہو۔

''پہلے ہم نے رات کو پروگرام بنایا تھا آپ سے ملنے کا۔ خیال تھا کہ شاید رات میں آپ کی کوئی مصروفیت ہوگی۔''

''نہیں...... آپ رات کو بھی آئیے رات دن سے کیا فرق پڑتا ہے۔ میرے لیے تو کبھی رات آتی ہے کبھی نہیں آتی۔'' اس نے سگریٹ کی طرف ہاتھ بڑھایا پھر سورن سنگھ کو دیکھ کر رک گیا۔

''سوری'' اور پھر نوکر کو بلا کر چائے لانے کے لیے کہا۔

''بہت اچھی باتیں کرتے ہیں آپ۔'' رمیش نے مسکرا کر کہا۔

''ہاں...... صرف باتیں ہی اچھی کرتا ہوں۔''

''آپ ہمارے کلب کے ممبر بن جائیے۔ وہاں ہم شطرنج بھی کھیلتے ہیں۔''

''آئی ایم ویری سوری...... مجھے کوئی کھیل نہیں آتا۔ ہر بازی ہار جاتا ہوں......''اس نے اِدھر اُدھر دیکھ کر بے بسی سے کہا...... ''کیا کروں؟ ٹی۔ وی دیکھوتو مذہب' سائنس' سیاست کی دہشت۔ گھر سے...... دنیا میں لوٹ......' نفرت کا اندھیرا...... میرے دل کو دھڑکنے پر مجبور کر دیتی ہے۔''

''سچ کہہ رہے ہیں آپ''راشد نے اس کا ہاتھ تھام لیا۔

''بچے مجھ سے دور چلے گئے ہیں۔ دوستوں کو میرے ساتھ ہولی کھیلنا یاد نہیں رہتا۔ بیوی کو اپنی محرومیاں اور میری حماقتیں یاد آتی ہیں۔ صبح شام کی طرح اب ہم دونوں اکٹھے نہیں بیٹھتے کبھی۔''

''یہ تو ہر جگہ ہو رہا ہے۔ اب دنیا سے پیار خلوص ختم ہو گیا ہے۔''راشد نے کہا۔

''اب تو ہماری دنیا بھی ان تاریک سیاروں میں شامل ہو چکی ہے جہاں آکسیجن ہے نہ روشنی۔''

''آپ کی فیملی کہاں ہے۔ گھر میں آپ کے ساتھ اور کون رہتا ہے؟''

سورن سنگھ چاہتا تھا اس ٹاپک کو بدل دے جس میں آکسیجن ہے نہ روشنی۔

''میرا بیٹا' رام کمپیوٹر انجینئر ہے...... وہ اپنے آفس کمپیوٹر کے آگے کان بند کیے بیٹھا رہتا ہے۔ نینا کی شادی ہو گئی۔ وہ امریکہ چلی گئی ہے۔ میری بیوی نرملا شیام بہت مشہور آرٹسٹ ہے۔''

''نرملا شیام؟ ہم سب چونک پڑے......'' وہ بہت مشہور آرٹسٹ ہیں۔ وہ آپ کی بیوی ہیں؟۔''

''جی ہاں...... وہ آج کل اپنے دوست راجن سنہا کے ساتھ کشمیر گئی ہیں۔ وہ بھی بہت مشہور گائیک ہیں۔ ان کی مدھر تانیں نرملا کو اپنے ساتھ لے جاتی ہیں۔''

''تو یہ نرملا شیام کا گھر ہے...... بہت اچھا لگا ہمیں آپ کے گھر آ کر......''امتیاز نے خوش ہو کر کہا۔

''آپ کا یہ پورٹریٹ بھی انہوں نے بنایا ہے؟۔''

سب دیوار پر لگا شیام کا پورٹریٹ دیکھنے لگے۔

''جی ہاں...... وہ کئی رنگوں کو ملا کر میرے من مانے روپ اجاگر کر دیتی ہیں۔''شیام نے ہنس کر کہا۔''

''آپ دیکھئے۔ اتنے خوبصورت فریم کے اندر ایک کیل سے باندھ کر کتنی اونچائی پر رکھ دیا ہے مجھے...... بہت بڑی فن کار ہے وہ......''

شیام کی بات سن کر سب چپ ہو گئے۔

''لیکن آپ یہ دیکھیے کہ ایک کیل سے بندھا ہوا اتنی اونچائی پر بیٹھا اس گھر کو دیکھ رہا ہوں میں' جو ایک تھیٹر کا خالی ہال لگتا ہے۔ جہاں سب اپنا اپنا کردار ادا کر کے چلے گئے۔''

''شیام صاحب! آپ کی باتیں سن کر ایسا لگتا ہے جیسے آپ بہت اچھے شاعر ہیں۔''

راشد کی بات پر سب ہنس پڑے......

''نہیں راشد صاحب ہم......لوگ نہ شاعری کرتے ہیں نہ جی بھر کے ہنسنا آتا ہے۔ شک' مصلحت اور احتیاط کے حصار میں قید رہتے ہیں۔ لائیٹر جلا کر دنیا کے ہر مسئلے کو دیکھتے ہیں اور

اپنی محرومی کو راکھ بنا کر جھٹک دیتے ہیں۔''

''واہ کتنی اچھی بات کہی ہے آپ نے۔'' امتیاز نے خوش ہو کر اس کا ہاتھ لیا۔

''آپ جینئس لوگ ہیں۔ میں کوئی ایسی بات نہ کہہ دوں جو آپ کو بری لگے۔''

''ارے نہیں یار...... آپ ہم سے بات کرتے وقت کیوں ڈر رہے ہیں؟'' سورن سنگھ نے ہنس کر کہا۔

''نہیں...... مجھے اپنے سوا کسی سے ڈر نہیں لگتا۔ غصہ آجائے تو میں پھر اپنی دھجیاں بکھیر کے پھینک دیتا ہوں۔ اور پھر کچھ مل جانے کی امید لیے خالی گھر میں گھومتا پھرتا ہوں۔''

''تو اصل مسئلہ آپ کی تنہائی کا ہے......؟ ڈاکٹر نائیک نے شیام کی بیماری سمجھ لی۔''

''مجھے جانے کتنے روگ ہیں ڈاکٹر صاحب۔ میں تو کسی کہانی کا ادھورا کردار ہوں جسے کوئی لکھ کر کاٹ دیتا ہے۔''

''اس لیے آپ کو ایک دوست کی ضرورت ہے۔'' اب آپ کو پانچ دوست مل گئے ہیں......'' سورن سنگھ نے بڑی محبت سے اس کا ہاتھ تھام کر کہا۔

''ہم آپ کو تنہائی میں گھبرانے کے لیے اکیلا نہیں چھوڑیں گے۔'' راشد نے اس کا ہاتھ تھام لیا۔

''ہاں یار۔ تم اس گھر میں اکیلے ہو۔ وقت کیسے گزارتے ہو؟''

''وقت کب رُکتا ہے! وہ تو گزر ہی جاتا ہے۔ میں تو شلف کھول کر گزرے ہوئے وقت کو ڈھونڈتا ہوں۔

''گزرے ہوئے وقت کو ہم بھی ڈھونڈتے ہیں۔'' راشد نے بڑی اداسی سے کہا۔ ''مگر وہ وقت کہاں ملتا ہے......''

''مل بھی جاتا ہے۔'' شیام نے کچھ سوچتے ہوئے کہا'' اگر کسی نے اپنی یادوں میں باندھ رکھا ہو۔''

وہ سب چپ ہو گئے۔ جیسے اب کچھ بھی کہنے کو نہ رہا ہو۔

بعد میں امتیاز نے پوچھا......''ہم سب کے آجانے سے آپ کو کیسا لگا؟''

''بہت اچھا لگ رہا ہے۔'' اس نے چاروں طرف دیکھ کر کہا۔

''گھر کی ہر چیز ویسی ہی لگ رہی ہے جیسی وہ ہے۔''

اس کی بات سن کر پھر سب چپ ہو گئے۔

''معاف کرنا شیام' اگر میں یہ پوچھوں کہ کیا آپ بھگوان کو مانتے ہیں؟'' رمیش چاہتا تھا اسے دھرم ایمان کی طرف لے جائے۔

''ہاں...... اس نے گردن جھکا کر دھیرے سے کہاں۔'' میں بھگوان کو اس لیے مانتا ہوں کہ اپنی ہر محرومی ناکامی' بے ایمانی کا ذمہ دار اسی کو بنا دیتا ہوں۔''

''اچھا۔ تو آپ بھگوان سے نہیں ڈرتے؟''

''نہیں...... مجھے اپنے سوا کسی سے ڈر نہیں لگتا۔ دوسروں سے بے ایمانی کر کے تو مزہ آتا ہے۔ مگر اپنے آپ سے بے ایمانی کرنے کا پاپ ہمیشہ ساتھ رہتا ہے۔'' وہ سر جھکائے جیسے کسی عدالت میں بیان دے رہا تھا۔

''آپ سب میرے دوست بننا چاہتے ہیں تو اعتراف کرتا ہوں کہ میں نے بہت سے قتل کیے ہیں۔ لوٹ' بے ایمانی

کی ہے۔اپنی بیوی نرملا سے جھوٹا پیار جتا کر۔ بچوں کو ادھر جانے سے روکا جدھر وہ جانا چاہتے تھے۔ میں نے اپنے آپ سے بھی انصاف نہیں کیا۔ میرے خواب۔ میری خواہشیں۔ سب کا گلا گھونٹ دیا۔''

''آپ نے قتل بھی کیے ہیں؟'' وہ سب چونک پڑے۔

''ہاں...... میں نے اپنی اس لگن کو مار ڈالا جو مجھے روشن سے من کی بات کہنے پر اکساتی تھی۔۔مگر میری خود پسندی نے دل کی بات کہنے نہیں دی۔ بعد میں اپنے دل کا حال اس کے نام خطوں میں لکھا اور وہ خط غالبؔ کے دیوان میں چھپا دیئے۔ کئی بار روشن مجھ سے کچھ سننے کو آئی۔ میری جھکی جھکی آنکھوں میں کچھ ڈھونڈ کر پاکستان چلی گئی۔ جلد ہندوستان پاکستان کے بیچ مجھے روشن سے دور رکھنے کے لیے حد بندی کر دی گئی۔''

''میں نے یہ گھر بنایا تھا کہ جب سارے سنسار میں جھوٹ' بے ایمانی' ناانصافی کا اندھیرا چھا جائے گا اپنے گھر کے چراغ سے سچائی اور پیار کی لو بڑھا دوں گا۔مگر جھوٹ' بے ایمانی' خود غرضی کی آندھی میں وہ سارے چراغ بجھ گئے ہیں...... میرے ہاتھوں سے ہر چیز گر کے ٹوٹ چکی ہے۔''

اس کی بات سن کر کچھ دیر تک سب چپ ہو گئے...... پھر رمیش نے اسے سمجھایا۔

''ہاں یار...... زندگی میں ہم سب کچھ ایسے کام کرنے پر مجبور ہو جاتے ہیں جو کرنا نہیں چاہتے۔''

''تم اتنی چھوٹی چھوٹی باتوں پر اتنے دکھی کیوں ہو گئے ہو؟'' راشد نے قریب جا کر بڑی محبت سے اس کا ہاتھ تھام لیا اور اس کا جھکا ہوا سر اوپر اٹھایا۔

''آپ انہیں چھوٹی چھوٹی باتیں کہتے ہیں؟'' اس نے سر جھکا کر کہا۔

''میں آرکیٹکٹ تھا...... اتنے ڈیم بنائے...... لاکھوں روپے کا ہیر پھیر کیا...... خراب کنسٹریکشن کی وجہ سے وہ پل ٹوٹ گیا...... دو مزدور دب کر مر گئے۔''

''ایسی غلطیاں ہم سب کرتے ہیں۔ان باتوں کو بھول کر اپنے آپ کو سنبھالیے آپ......''

ڈاکٹر نائیک نے انہیں غور سے دیکھا۔

''کل آپ ہمارے کلینک آیئے۔ میں آپ کا انجیوگرام کروں گا۔''

''نہیں نہیں......'' وہ گھبرا گیا......'' آپ کیا کریں گے میرے دل کا جان کر؟'' سب ہنس پڑے......

''میں تو اپنے دل کا حال اپنے آپ کو سنانا چاہتا ہوں۔''

کچھ دیر کے بعد پھر سے جیسے چپ ہو گئے اور پھر وہ دونوں ہاتھ ملتے ہوئے دھیرے دھیرے اپنے آپ سے باتیں کرنے لگا۔

''آپ سب شاید سُن کر ہنسیں گے کہ میں نے نیوز پیپر میں یہ اشتہار اس لیے دیا تھا کہ کال بیل کی آواز سن کر میں دروازہ کھولوں تو سامنے میں کھڑا ہوں......''

اور پھر بے بسی سے ہاتھ ملتے ہوئے جیسے کسی سے سرگوشی کرنے لگا۔

''یہ کیسی ان ہونی بات ہوگی کہ میں اپنے گناہوں' اپنی خود سری کو معاف کر کے اپنے آپ سے ہاتھ ملانے کو تیار ہو جاؤں؟''

فیاض حمید

خاموش آوازیں

کیا آپ نے کوئی خبر سنی دیدی؟ سائمہ نے گھبراتے ہوئے کہا۔

کس کے متعلق۔۔۔دیدی بولی۔۔

سائمہ۔۔۔۔۔۔۔متعلق۔۔

نہیں۔کیوں کیا ہوا؟ سب خیریت تو ہے نا؟ دیدی بولی۔

اب کیسے بولوں جب تمہیں کچھ پتہ ہی نہیں۔سنو دیدی لیکن کسی کو بتانا نہیں، کچھ دن سے انٹرنیٹ پر ایک خبر پھیلائی جا رہی ہے جس میں لوگوں سے یہ اپیل کی گئی ہے کہ کم سے کم چھ مہینے یا اس سے زیادہ وقت تک کے لئے لوگوں کو ضروری اشیاء جمع رکھنے کے لئے کہا گیا ہیں، اور ساتھ ہی ساتھ دوسرے جگہوں سے آئے ہوئے سیاحوں کے لیے بھی یہ خبر تھی کہ جلد از جلد یہ جگہ خالی کر دیں۔ میں نے سنا ہے آج کل سب باہر کے لوگ یہاں سے بھاگے جا رہے ہیں۔سائمہ نے آہ بھرتے ہوئے کہا۔۔

نہیں۔نہیں۔ایسا کیوں ہوگا۔آپ نے غلط سنا ہوگا۔دیدی بولی

پتہ ہے اُس میں شاید یہ بھی لکھا ہے کہ جنگ ہونے والی ہے۔۔۔سائمہ آنسو بھری آواز میں کہنے لگی۔

ارے نہیں۔ایسا بالکل بھی نہیں، تمہیں تو پتہ ہے انٹرنیٹ پر ایسی خبریں اکثر پھیلائی جاتی ہیں۔ جو فریب کے سوا کچھ نہیں ہوتیں۔کیا آپ نے یہ خبر خود دیکھی؟۔۔

نہیں! میں کون سا انٹرنیٹ چلاتی ہوں جو میں دیکھوں، لیکن کل گھر والے اس کے متعلق باتیں کر رہے تھے، تب سے رات بھر نیند بھی نہیں آئی۔۔

یہ سب جھوٹ ہے کوئی جنگ نہیں ہوگی اور نہ ہی کچھ، تم بس اللہ پر بھروسہ رکھو جو 'غفور الرحیم' ہے۔

لیکن یہ تو سچ ہے کہ آج کل پورے راستوں کو سیل کر دیا گیا ہے اور خالی فوج کی گاڑیوں کو چلنے کی اجازت ہے۔اور تقریباً تمام فوج کو یہیں لایا جا رہا ہے۔ پتہ نہیں کیا ہوگا میں کل سے اتنی ڈر گئی دیدی دل کہتا ہے زور زور سے رولوں، صبح سے سر درد کی تین گولیاں کھا چکی ہوں لیکن کم ہونے کے بجائے یہ باتیں سن سن کر درد اور بڑھتا جا رہا ہے۔ خدا ہی جانے ہمارا کیا ہوگا؟ شاید آخری دن چل رہے ہیں؟ میں نے سوچا آپ سے ملاقات کر رکھوں پھر کیا بھروسہ زندگی کا؟ سائمہ آنسو بھری آواز میں کہتی رہی۔۔

ارے کیا ہو گیا ہے آپ کو۔کوئی جنگ نہیں ہوگی اور نہ کچھ تمہیں پتہ ہے نا شاید الیکشن ہونے والے ہے جس کے لئے فوج لائی جا رہی ہے اور ہو سکتا ہے کہ سرحد پر بھی کچھ تناؤ ہو جس کی وجہ سے انھیں لایا جا رہا ہو، یہ تو ہماری حفاظت کے لیے ہی معمور ہیں۔۔دیدی بولی۔۔

پتہ نہیں دیدی، آپ کس دنیا میں رہتی ہو، ایسا بالکل نہیں ہے جو آپ سوچ رہے ہو۔۔۔ تمہیں پتہ ہے ہمارے گھر میں اس وقت ماتم چل رہا ہے کیونکہ ہم نے ایک مہینے پہلے ہی سارا اناج بیچ دیا اور اب ہمارے گھر میں بالکل کچھ بچا ہی نہیں اگر جنگ ہوگی تو ہڑتال ہوگی اور ہمارے بچوں کا کیا ہوگا؟ وہ تو بھوک سے مر جائیں گے۔۔سائمہ روتی ہوئی کہتی رہی۔۔۔

سائمہ چلی گئی تو دیدی اب اس کی کہی باتوں پر سوچنے لگی کہ اگر سچ میں ایسا ہونے والا ہے تو ہمارا کیا ہوگا۔ وہ سوچ ہی رہی تھی کہ اسی

اثناء میں اس کی منجھلی بیٹی جس کی عمر سات سال کی تھی دوڑتے دوڑتے روتی ہوئی اس کے پاس آئی اورمی !می چلاتی ہوئی کہنے لگی ۔۔کہ ممی جنگ ہونے والی ہیں اورہم سب مارے جائیں گے۔اور زورزور سے رونے لگی۔۔۔

آپ کوکس نے کہایہ۔۔دیدی بولی

وہ روتے روتے کہتی رہی کہ کہ فلاں عورت نانی کو باہر گیٹ پر بتارہی تھی کہ جنگ ہوگی ،لیکن مجھے یہ سمجھ نہیں آرہا ہے کہ اگر ہم سب مرگئے تو ہماری زمین پر کون بس جائے گا۔جب لوگ ہی نہ رہے گے تو پھر کیا ہوگا؟ کوئی پوچھنے والانہیں ہے کیا؟

دیدی نے بیٹی کوسنبھالتے ہوئے کہا ارے پاگل بیٹی !کتنی نادان ہوں ارے وہ اپنے گھر کی لڑائی کی بات کررہی ہوگی کیونکہ آئے دن ان کے یہاں جھگڑا ہوتا رہتا ہے لیکن بیٹی ایک نہ مانی اور روتے روتے تھک کر گئے وہیں سوگئی اوردیدی کسی گہرے سوچ میں اس قدرکھوگئی کہ گیس پر رکھاہوادودھ کا بھرا ہواپتیلہ پورے کچن میں پھیل گیااوردودھ جلنے کی بو باہر تک پھیل گئی۔لیکن دیدی سوچ میں ڈوب گئی۔ اسی اثنا میں دیدی کا شوہر دوڑتے دوڑتے کچن میں داخل ہوا تو وہ دنگ رہ گیا کیونکہ ماں بیٹی دونوں وہی بیٹھی تھیں ۔شوہر نے پہلے گیس بند کیا اوراس کے کندھے پر ہاتھ رکھ دیا تو وہ چونک گئی۔گھبراتے ہوئے۔۔آپ کب آئے؟۔۔

بس ابھی آہی رہا تھا۔۔

لیکن آج جلدی کیوں آگئے کام سے آپ؟

سارے راستے بند پڑے ہیں ۔میں کام تک پہنچا ہی نہیں ۔آدھے راستہ سے ہی مشکل سے جان بچا کے گھر واپس آیا ہوں۔لاکھ لاکھ شکر اللہ کا۔۔

یااللہ کیوں کیا ہوا؟۔۔دیدی بولی۔

ارے کچھ لڑکوں کو امتحان دینے کے لئے جانا تھا لیکن راستہ پوری طرح سیل تھا۔وہ افسر کے سامنے بہت منت ساجت کررہے تھے،لیکن وہ ایک بھی نہیں مانا۔لڑکے بول رہے تھے کہ ہماری زندگی کا سوال ہے کہ ہم کئی سالوں سے اس امتحان کی تیاری کررہے تھے۔لیکن آفسر نے سیدھے انکار کردیا ،اوردوسری طرف لڑکے برابر التجا کرتے رہے اور میں بھی وہاں پہنچ گیا۔اس کے بعد افسر نے سپاہوں کے ذریعہ ان کو بھگانے کی کوشش کی لیکن یہ پھر بھی ہاتھ جوڑ کر جانے کے لئے اجازت لیتے رہے ،لیکن اس کے بعد سپاہوں نے ان پر ڈنڈے برسانے شروع کئے ،اور پھر جواب میں ان لڑکوں نے بھی پتھر مارے اور میں وہاں سے بھاگ نکلا ،لیکن کچھ دوری کے بعد ہی گولیوں اور پلٹ کی آوازیں آئی اور یہ سنا کہ ان لڑکوں میں سے ایک کے آنکھوں میں پلیٹ اور دوسرے کے دائیں ہاتھ میں گولی لگ گئی ہیں۔باقی حال اللہ جانے۔۔۔۔

اوہ۔اللہ۔رحم کر۔۔اس اثناء میں ان کی بڑی بیٹی جس کی عمر نو سال کی تھی کچن میں داخل ہوئی اور کہنے لگی کہ ممی !ممی ہمیں اسکول سے چھٹی مل گئی ہے۔اورکہا گیا ہے کہ جب تک ریڈیو یا ٹیلی ویژن پر اسکول آنے کا اعلان نہ کیا جائے تب تک نہیں آنا۔۔

کیوں اسکول میں چھٹی کیوں؟ابھی تو بارہ ہی بج گئے ہیں۔کیا اسکول بند ہوگئے؟۔۔۔دیدی بولی

ہاں شاید۔۔میں جب ابھی گھر کی طرف آرہا تھا تو مجھے سڑکوں پر اکثر جگہوں پر اسکولی بچے ملے جو گھروں کی طرف واپس ہورہے تھے اورجن کے چہروں پر مایوسی نظر آرہی تھی۔۔شوہر بولا۔

اللہ اب کیا ہوگا۔ پتہ نہیں کیا ہونے والا ہے؟

کچھ نہیں ہوگا ان شاء اللہ سب ٹھیک ہوجائے گا۔بس یہ بتاؤ والد صاحب کہاں ہے کہیں نظر ہی نہیں آرہے ہیں؟

صبح تو باہر ہی تھے۔۔پتہ نہیں کہاں چلے گئے۔منجھلی بیٹی بولی۔

اُن سے کہو کہ زیادہ ادھر اُدھر نہ گھوما کریں ،حالات بہت

خراب ہیں اور آپ بھی گیٹ سے باہر مت جانا، گھر کے اندر ہی ٹی وی دیکھتے رہو۔ میں والد صاحب کو فون لگا کے پوچھتا ہوں کہ کہاں ہو؟

ارے کیسا ٹی وی اور کیسا فون وہ تو کل ہی بند ہو گئے تھے۔ پہلے انٹرنیٹ بند ہوتا تھا لیکن اس بار فون بھی بند ہو گیا ہے اور ساتھ ساتھ ٹی وی کی بھی ساری چینلیں بند کر دی گئی ہیں۔۔ دیدی بولی۔

سب ایک دوسرے کے چہروے کی طرف دیکھ رہے تھے۔ ہر کسی کے چہرے پر مایوسی اور ڈر نمایاں تھا۔ یہاں تک کہ بچے بھی باہر جانے کی ہمت نہیں کر رہے تھے۔ اس اثناء میں دیدی اپنے شوہر کی طرف مخاطب ہوئی اور سائمہ نے جو کچھ بتایا وہ سب کچھ سنا نے لگی اور ساتھ ہی یہ بھی کہہ گئی کہ وہ بول رہی تھی کہ چھ مہینے تک ضروری اشیاء جمع رکھنا ہے لیکن ہمارے پاس مشکل سے پانچ یا دس دن کی ہے اب کیا ہوگا؟ کیا میرے یہ ننھے بچے بھوک سے مر جائیں گے۔ یا اللہ ان معصوموں کا کیا ہوگا ان کی کیا خطا ہے اور وہ زور زور سے رونے لگی۔۔

ارے کیا ہو گیا ہے۔ آپ کو۔ آپ ایسا کروں گے تو ان کی ہمت اور پست ہو جائے گی۔ تم ان معصوموں کی ہمت بڑھانے کے بجائے اور گھٹا رہی ہو۔ سب ٹھیک ہوگا یہ میرے بچے ہیں اگر مرنا ہوگا تو سب ایک ساتھ مرے گے۔ یہ دلاسہ دے کر وہ کچن سے باہر چلا گیا۔۔۔

باہر جاتے ہی وہ اس سوچ میں پڑ گیا کہ یہ تو سچ ہے کہ گھر میں مشکل سے کچھ دن کا اناج بچا ہوا ہے اگر حالات اور خراب ہوئے تو میرے بچوں کا کیا ہوگا یہ روز قیامت مجھے اللہ کے سامنے کھڑا کر کے پوچھیں گے کہ اس شخص نے ہمیں بھوکا رکھ رکھ کے مار ڈالا تھا۔ کچھ بھی ہو لہٰذا مجھے کہیں سے انتظام کرنا ہوگا۔ وہ بس گیٹ سے نکلنے ہی والا تھا کہ اس کے والد کندھے پر اناج کی ایک بوری لے کر آئے ان کے چہرے اور جسم سے پسینے کا دریا بہہ رہا تھا۔ بیٹے نے باپ کو اس حالت میں دیکھا تو دوڑتے دوڑتے ان کے پاس گیا اور ان کے کندھے سے اناج کی بوری اُتار کر اسے ہاتھوں ہاتھ لے لیا اور والد کو غصہ سے یہ کہا کہ آپ کی عمر یہ نہیں رہی کہ اتنا بھاری وزن آپ اُٹھا سکو۔

لیکن تبھی والد صاحب اپنی سانس سنبھالتے ہوئے بیٹے سے کہنے لگے کہ صبح سویرے جب ریڈیو آن کیا تو یہ خبر سنی کہ حالات خراب ہونے والے ہیں۔ گھر میں اناج کی طرف دیکھا تو معلوم ہوا کہ کچھ دن میں ختم ہونے والا ہے۔ سوچا ہم نے اپنی زندگی گزار لی لیکن تمہارے بچوں کا کیا ہوگا جو میرے دل کے دھڑکن ہیں۔ خدانخواستہ بھوک سے مر گئے تو قیامت میں اللہ کو کیا جواب دوں گا۔ سات کلومیٹر کی دوری پر اناج کا پتہ ملا تو وہاں چلا گیا۔ اور خرید کر کچھ وقت گاڑی کا انتظار کیا لیکن وہ ناپید تھی لہذا کندھے پر رکھ کر وہاں سے لے کر آیا ہوں پورے سوا تین گھنٹے سے چل کر آ رہا ہوں۔ تمہیں پتہ ہے بس سڑکوں پر پیدل چلنے والے ہی نظر آ رہے ہیں کیونکہ انھیں کوئی روکتا نہیں اور گاڑیوں کا تو دور دور تک کوئی نام ونشان نہیں ملا اور ہاں ان حالات میں اشیاء ضروریات کے دام آسمان چھو رہے ہیں۔ چار سو کا مال ہزار میں مل رہا ہے۔ میں نے سرکاری ریٹ کے حساب سے پیسے لیے تھے لیکن وہاں بھی ڈبل سے زیادہ ریٹ چل رہا ہے اور لوگ بے چارے حالات کے مارے چپ چاپ لے جا رہے ہیں۔ میں نے دو بوری کے لئے پیسے لئے تھے لیکن وہاں ریٹ اتنا تھا کہ یہ آدھی بھی مشکل سے مل سکی۔ اب شکر اللہ کا بچوں کے لئے کچھ تو مل گیا۔۔۔

اس کے بعد وہ کچن میں داخل ہوئے اور بیٹے کے بچوں کو چومنے لگے کہ باہر سے ان کی بیوی داخل ہوئی جو کچھ گھبرائے ہوئے تھی اور بس اتنا ہی کہہ گئی کہ میں نے گیٹ میں کنڈی لگا دی اس کے

ساتھ اس کا پوتا تھا جس کی عمر چار سال کی تھی جو دوڑ تے اپنی ماں سے چپک گیا۔۔۔۔

دن میں بھی کنڈی کیوں۔۔۔۔۔؟

ہاں تم نے نہیں سنا پاس کے گاؤں میں کچھ لڑکوں کو غائب کیا گیا ہے اور مکانوں کے دروازے، کھڑکیاں اور شیشے بھی توڑے گئے یہاں تک کہ تمام لیڈروں کو بھی بند کر دیا گیا ہے۔۔

لیکن ایسا کیوں؟۔۔

پتہ نہیں ۔اب کس سے پوچھیں۔جب کوئی رابطہ ہی نہیں ہے کسی کے ساتھ۔اللہ رحم کرے۔۔

اس اثناء میں باہر سے اسپیکروں پر یہ اعلان کیا گیا کہ لوگوں! باہر مت نکلنا چاروں طرف دفعہ ۱۴۴ لگا دیا گیا ہے۔ یہ سن کر دور دور تک خاموشی طاری ہوگئی اور وہ یہ سب سن کر کچن میں ہی ایک دوسرے کے چہرے کو دیکھتے رہے۔وہ ایک دوسرے کو حوصلہ دینا چاہتے تھے لیکن ان کی آوازیں ان کے حلق سے نکل نہیں پا رہی تھیں اور بڑوں کے سامنے بچے بھی اس انداز سے خاموش بیٹھے تھے کہ سانس لینے کی بھی آواز نہیں آ رہی تھی ۔وہ جو ایک بھی منٹ چپ نہیں رہتے تھے آج وہ بھی خاموش ہو گئے تھے۔دوسری طرف باقی افرادِ خانہ چپ چاپ ایک دوسرے کو دیکھ رہے تھے اور ان کی آنکھوں سے بس آنسوں نکل رہے تھے جو ان کی آواز بن کر یہ ظاہر کر رہے تھے کہ اس ڈر اور خوف نے ان کی قوت گویائی چھین لی ہے۔۔۔۔۔

وہ زور زور سے رو رو کر چیخنا، چلاّنا چاہتے تھے ۔لیکن خاموش رہنے پر مجبور تھے اور اگر چیختے چلاّتے بھی تو ان کی آواز سننے والا دور دور تک کوئی نہ تھا۔۔۔۔۔۔۔۔

☆☆

محمد مظہر الزماں خان

اس آباد خرابے میں

ایک لمبے رستے اور بڑے عرصے کے بعد جب وہ اپنے پیدائشی گھر میں بغیر اپنی آمد کی کسی اطلاع کے اچانک داخل ہوا تو ہال میں بیٹھے ہوئے اس کے اپنے عزیز حیرت سے اس کی جانب دیکھنے لگے اور کئی لمحوں تک یوں ہی صم بکم دیکھنے کے بعد سبھوں نے تعجب سے کہا کہ یہ یکا یک اور بغیر کسی اطلاع کے کیسے چلے آئے کم از کم ہمیں مطلع کیا ہوتا تو ہم تمھیں لینے چلے آتے۔ لیکن وہ کوئی جواب دیئے بغیر چپ چاپ کھڑا سبھوں کے چہروں کو دیکھ کر مسرت سے مسکراتا رہا اور پھر ہر ایک کے قریب جا کر حسب مراتب آداب وسلام کی لیکن یوں لگ رہا تھا کہ اس کی آنکھیں بار بار کسی کو تلاش رہی ہیں کیوں کہ اس کی آنکھیں ایک جگہ یا کسی ایک فرد کے چہرے پر ٹھہر نہیں رہی تھیں بلکہ مسلسل بھٹک رہی تھیں۔

وہ ایک لمبے عرصے کے بعد آیا تھا۔ اور اس عرصے میں گھر کا نقشہ بھی کچھ تبدیل ہو گیا تھا۔ بہت سے چہروں کی رنگت اور نقوش بھی بدل گئے تھے بہت سوں کے سر کچھ کچھ سفید ہو گئے تھے اور کچھ نئے سر اور نئے جسم وجود میں آ چکے تھے تاہم اس نے کسی سے کوئی سوال نہیں کیا کہ اس کی آنکھیں مسلسل کسی کو تلاش کر رہی ہیں اور ان متلاشی آنکھوں میں بڑی بے چینی اور بڑا اضطراب موجود تھا۔

''سفر کی تکان اپنے جسم اور چہرے سے اُتار لو کہ لمبے سفر سے چلے آئے ہو! سبھوں نے بہ یک زبان کہا تو اس نے گردن ہلائی اور کہا کہ ہاں! سفر تو لمبا تھا اور پھر رات بھر میں سو بھی نہ سکا کہ آمد کی خوشی میں آپ سبھوں کے چہرے بار بار میری آنکھوں کے سامنے گھوم رہے تھے کہ اتنے لمبے عرصے کے بعد اپنے اور آپ سبھوں کو حیرت میں ڈال دوں سو آپ سب حیرت میں پڑ گئے ہیں نا؟

''ہاں! ہم سب تمہاری اس اچانک آمد سے واقعی دم بخود ہو کر رہ گئے ہیں۔ ایک تو تمہاری آمد کی اچانک خوشی اور پھر اس طرح چلے آنے کی حیرت، دونوں نے ہمیں بھونچکا کر دیا ہے۔ خیر اب ہاتھ منہ دھو لو بلکہ نہا لو کہ سفر کی ساری تکان دور ہو جائے گی۔ پھر تفصیل سے اپنے حالات سناؤ۔ لیکن اس نے ان کی باتیں پتہ نہیں سنی کہ نہیں کیوں کہ اس کی آنکھیں ہنوز کسی کی متلاشی تھیں اور وہ سب کے سب اس کی اس کیفیت کو سمجھ رہے تھے لیکن کسی نے بھی کچھ نہ کہا صرف ادھر اُدھر کی باتیں کرتے رہے۔ چنانچہ جب اس کے صبر کا پیمانہ آنکھوں سے ہوتا ہوا لبوں تک پہنچ گیا تو اس نے کہا۔

''مجھے آئے دیر ہو چکی ہے اور اس وقت میری آنکھوں کے سامنے آپ سبھوں کے چہرے موجود ہیں لیکن وہ کہیں دکھائی نہیں دے رہا ہے جس کی تلاش میں میری آنکھیں ابھی تک بھٹک رہی ہیں کہ وہ تو میرے اندر موجود تھا اور میرے اندر موجود ہے۔ لیکن میری آنکھوں کے سامنے آیا نہیں۔ کہاں ہے وہ؟ مجھے دکھائی کیوں نہیں دیتا؟

''وہ! سبھوں نے ایک دوسرے کی طرف دیکھتے ہوئے کہا۔'' پہلے تم کچھ آرام کر لو۔ تکان سے باہر نکل تو آؤ۔ پھر ہم تمہیں تفصیل سے اس کے بارے میں بتائیں گے۔ یہاں موجود نہیں ہے؟ اس گھر میں! میں نے تو اسے آپ سبھوں کے حوالے کیا تھا کہ وہ بہت معصوم۔ بہت شفاف تھا کہ اس کے اندر تو نگار خانہ ابد موجود تھا اور پھر آپ لوگوں نے تو اپنے ہر خط میں اس کی خیریت

سے مجھے مطلع کیا تھا یا کرتے تھے۔ ابھی کچھ عرصے پہلے ہی تو آپ نے لکھا تھا کہ ہنوز وہ ویسا ہی ہے جیسا میں اسے چھوڑ گیا تھا۔ پھر وہ اس وقت کہیں دکھائی کیوں نہیں دیتا؟ مجھے بتاتے کیوں نہیں کہ اس وقت وہ کہاں ہے؟

’’تم اطمینان سے بیٹھو کہ ہم تمہیں اس کے بارے میں سب کچھ بتادیں گے۔فکر کی کوئی بات نہیں ہے۔‘‘

آپ سب پہیلیاں کیوں بجھا رہے ہیں۔ صاف صاف بتا کیوں نہیں دیتے کہ اس وقت وہ گھر پر موجود نہیں ہے۔ کہیں باہر گیا ہوا ہے۔‘‘

’’یہی سمجھو کہ وہ کہیں باہر گیا ہوا ہے‘‘ سب نے کہا۔

’’ہاں! یوں کہیئے!‘‘ وہ بولا اسے نہ دیکھ کر مجھے تشویش ہوئی۔ اس لیے میں بے چین ہو گیا۔ اس نے چندلمحوں تک سبھوں کے چہروں پر نظریں گھمانے کے بعد کہا۔ لیکن سب کچھ بتانے سے آپ لوگوں کی کیا مراد ہے؟ آپ لوگ صاف صاف کیوں نہیں بتاتے کہ اس وقت وہ کہاں ہے؟ شام ہونے کو آئی ہے اور وہ ابھی تک نہیں آیا۔ کیا وہ ایسے ہی دیر دیر تک گھر سے باہر رہا کرتا ہے؟ حالاں کہ پہلے تو وہ ایسا نہیں تھا۔ بس کتابیں پڑھتا رہتا تھا اور کہیں جاتا تو جلد گھر لوٹ آتا تھا۔

’’اب تمہیں کیا بتائیں بیٹا! کہتے ہوئے زبان لڑکھڑا رہی ہے۔ چہرے پر چھائیاں پڑی ہوئی ایک عورت نے زبان کو دانتوں میں رکھتے ہوئے کہا۔ پچھلے کئی دنوں سے وہ عجیب عجیب باتیں اور عجیب عجیب حرکتیں کرنے لگا تھا اور اس کی بہت سی باتیں ہماری سمجھ سے باہر تھیں۔ مثلاً اکثر وہ ہم سبھوں سے کہا کرتا تھا کہ تم سب کے سب لوگ اصل راستوں سے ہٹے ہوئے ہیں۔ جن راستوں پر تمہیں ہونا چاہیے ان راستوں پر تم موجود نہیں رہے جیسے سب موجود نہیں رہے وجود کے ہوتے ہوئے وجود میں موجود نہیں ہیں۔ اپنے ہونے اور نہ ہونے کا تمہیں ادراک نہیں ہے۔ تم ہو مگر باقی نہیں ہو۔ اور جو کچھ تم کھا پی رہے ہیں۔ وہ کھا پی نہیں رہے ہیں۔ بلکہ کچھ اور کھا پی رہے ہیں کہ سب کے سب خلط ملط ہو گئے ہیں کہ تمہاری زبانیں۔ تمہاری اپنی نہیں رہیں اور تمہارے ہاتھ پاؤں بھی تمہارے اپنے نہیں رہے۔

کیوں کہ کوئی بھی تمہارے اختیار میں نہیں رہے کہ سب کے سب بے اختیار ہو چکے ہیں کہ تم اپنا مختار نامہ آپ نہیں لکھ سکتے حالاں کہ تمہیں اپنے موجودہ وجود کے مختار نامہ کا حق عطا کیا گیا ہے تاہم تم نے وہ اختیار خود کھو دیا ہے کہ تم سب اپنے بس میں نہیں ہو۔ چہرے پر چھائیاں پڑی ہوئی عورت نے چندلمحوں کے لیے رُک کر پھر کہنا شروع کیا۔ اس کے علاوہ اس کے ہاتھ میں اکثر کسی مظہر الزماں خان کی لکھی ہوئی کتاب ہوتی اور وہ اکثر و بیشتر اس کتاب کے جملے پڑھ پڑھ کر ہمیں سنایا کرتا تھا۔ مثلاً وہ کہتا ’’جن لوگوں نے زندگی بھر سوئی اور دھاگے کی صورت نہیں دیکھی۔ آج وہ رفو گر بنے بیٹھے ہیں۔

’’زخموں کی دھوپ تیز تر ہوتی چلی جا رہی ہے اور ہر طرف ناخنوں کی فصلوں پر بہار آئی ہوئی ہے۔ گنجان شجر اپنے ہی قدموں میں اپنے سائے دبائے گم صم بیٹھ گئے ہیں کہ وقت کی سانسوں کی رفتار اب بڑھ چکی ہے۔ بے عقلوں کی آوازوں کو پلکوں پر سجایا جا رہا ہے۔ اور عقل مندوں کی آوازوں پر جلتے ہوئے چراغ رکھے جا رہے ہیں۔ زندہ خاموش ہیں اور مردے شور مچا رہے ہیں کہ سب اوپر سے بھر چکے ہیں اور اندر سے خالی ہو گئے ہیں اور ہمارے سارے پول کھل کر راستوں پر ننگے پڑے ہوئے ہیں اور سب کے سب اپنے گرد آلود چہروں کے بجائے آئینے صاف کر رہے ہیں کہ آج سب اپنی ہی اطاعت گزاری کرنے میں لگے ہوئے ہیں اور اپنی ہی فرمانبرداری کر رہے ہیں اور اپنے ہی قدموں میں لوٹ

رہے ہیں۔

چہرے پر چھائیاں پڑی ہوئی عورت نے پھر کچھ لمحوں کے لیے ٹھہر کر اپنے حلق کو تر کرتے ہوئے کہا" کچھ ایسے ہی جملے وہ اتنی بار، اتنی بار کہہ چکا ہے کہ ہمیں حفظ ہو کر رہ گئے ہیں۔مثلاً جو خود سے واقف نہیں ہیں۔ وہ خودی کی باتیں کرنے لگے ہیں جنھیں کنکریوں سے گفتگو کا سلیقہ نہیں آتا، وہ پہاڑوں سے چھیڑ چھاڑ کر رہے ہیں۔ جو بوند سے آنکھ نہیں ملا سکتے وہ سمندروں کو آنکھیں دکھا رہے ہیں۔ جنھیں اپنی ہتھیلیوں کی خبر نہیں، وہ آسمانوں پر کمندیں ڈالنے کی کوشش میں لگے ہوئے ہیں اور جو اپنے اپنے گھروں کی فضا سمجھ نہیں سکتے وہ عالمی فضاؤں کے ساتھ شرارت میں لگے ہوئے ہیں۔اب عدالتوں کے کٹہرے بکھر کر پھیل گئے ہیں اور منصف کی ساری کرسیاں خالی ہیں کیوں کہ ہر ایک کے فنگر پرنٹ کے تمام نشانات ایک جیسے اور ہر ہتھیار پر نظر آرہے ہیں کہ قلم کی حرمت ختم ہو چکی ہے اور ان کی نبیں ٹوٹ کر سوالیہ علامت کی شکلیں اختیار کر چکی ہیں۔علم کے دروازے بند ہو گئے ہیں اور عیش گاہیں جگمگا رہی ہیں اور تمام رہنمائے قوم اپنے اپنے انداز میں رقص کر رہے ہیں۔آسمان، دنوں اور راتوں کو مسلسل ہانک رہا ہے کہ سارے چراغوں کے سر قلم کر دیئے گئے ہیں کہ آنے والا منظر تمہارے وجود کو ڈارک روم میں تبدیل کر دے گا۔بس بھاگ جاؤ۔لیکن مڑ کر نہ دیکھو کیوں کہ سب کے سب سامری کے مرید بن گئے ہیں اور افراسیاب ان گنت حماموں کی تعمیر میں مشغول ہے اور جگہ جگہ حمام بادگرد تعمیر ہو چکے ہیں۔لہٰذا بھاگ جاؤ۔بس بھاگ جاؤ اس آباد خرابے سے۔ بھاگ جاؤ۔

چنانچہ وہ بڑی عجیب وغریب باتیں مسلسل کرنے لگا تھا۔

چہرے پر دھبے پڑی ہوئی عورت کے پاس بیٹھی ہوئی ایک اور عورت نے کہا۔شاید اس کا ذہن پچھلے کچھ دنوں سے بہک گیا تھا یا بھٹک گیا تھا بیٹا! کیوں کہ وہ سوتا ہی نہیں تھا کہ شاید اسے نیند ہی نہیں آتی تھی کہ بس جاگتا ہی رہتا تھا اور کہتا تھا کہ میں جاگ جاگ کر ہر زینہ پر اضافہ ہوتا جا رہا ہوں اور تم سو سو کر کم ہوتے جا رہے ہو۔ چنانچہ جس طرح کم سوتا تھا اسی طرح بہت کم بھی کھاتا تھا۔ پھر چہرے پر چھائیاں پڑی ہوئی عورت نے کہنا شروع کیا۔" کہتا تھا کہ مسلسل سفر میں ہوں اور زمین پر بڑھتے ہوئے اندھیروں میں چراغوں کو تلاش کر رہا ہوں کہ ان دنوں سمندروں سے علم سیکھ رہا ہوں کہ سائیوں میں دھوپ کو ہنستے ہوئے دیکھنا چاہتا ہوں اور پہاڑوں اور زیتوں کی سرسبز شاخوں پر بھیگے ہوئے۔ پرندوں کے نغمے سننا چاہتا ہوں۔ بہرحال وہ بہت ہی عجیب اور سمجھ سے باہر کی باتیں کیا کرتا تھا لگتا تھا کہ کوئی آسیب اس کے اندر اُتر گیا ہے۔

"ابھی آپ لوگوں نے پچھلے خط میں لکھا تھا کہ وہ اچھا ہے۔ بہت ہی اچھا ہے خیریت سے ہے۔ دیر تک ان سبھوں کی باتیں سننے کے بعد اس نے کہا۔آپ نے مجھے غلط کیوں لکھا؟"

"ہم نے غلط نہیں لکھا تھا۔ دونوں عورتوں نے کہا۔جس وقت ہم نے تمھیں خط لکھا تھا۔اس وقت وہ موجود تھا۔البتہ اس کی ذہنی کیفیت سے تمھیں لاعلم رکھا کہ کہیں تم پریشان نہ ہو جاؤ۔اور اس کے بعد ہم نے تمہیں کوئی خط نہیں لکھا اور پھر اسے غائب ہوئے زیادہ وقت نہیں گذرا۔" کیا وہ غائب ہو چکا ہے؟ آئے ہوئے مسافر نے حیرت سے کہا اور پھر اس کی آنکھیں پھیل گئیں تھیں!

"ہاں! سبھوں نے کہا۔ابھی پچھلی جاگنے والی رات کو وہ اچانک کہیں چلا گیا کہ لاکھ کوشش کے باوجود وہ کہیں نہیں ملا۔ جب کہ ہم نے جگہ جگہ اسے تلاش کیا۔ تلاش کروایا اور تلاش کر رہے ہیں۔ تاہم وہ ہمیں مل نہیں رہا ہے۔تم ہماری باتوں کا یقین کرو بیٹا! ایک ادھیڑ عمر کی عورت نے کہا۔ہم سب اسے اپنے اندر رکھتے تھے۔ جیسے فانوس میں چراغ ،لیکن کچھ عرصے سے اس کی ذہنی حالت ٹھیک

نہیں تھی۔ ابھی کچھ دنوں سے بس مسلسل یہی کہہ رہا تھا کہ ساری زمین بدشکل پرچھائیوں سے بھر چکی ہے۔آدمیوں کی آنکھوں میں کالی سرسوں اُتر آئی ہے۔ زبانوں پر نمک جمع ہوگئی ہے اور تمام عورتیں صرف بونے پیدا کرنے لگی ہیں۔لہٰذا بھاگ جاؤ کہ زمین اب ہمارے وجود سے بہت بیزار اور بڑی بیزار ہوگئی ہے۔

''ہوں! اس نے ایک ٹھنڈی سانس چھوڑ کر عورتوں کی طرف دیکھتے ہوئے کہا۔'' آپ لوگوں نے اصل میں اسے دیکھا ہی نہیں۔ اور پھر میں نے بھی اسے اچھی طرح سے دیکھا ہی نہیں تھا۔البتہ دیکھنے کی کوشش کی تھی۔لیکن وہ پوری طرح مجھے بھی دکھائی نہیں دیا تھا۔ہاں میں نے اسے محسوس کیا تھا کہ وہ صرف محسوس ہی کیا جاسکتا تھا۔ وہ صحیح تھا۔غلطوں کے ہجوم میں وہ صحیح تھا بہت زیادہ صحیح تھا۔لیکن عہد حاضر کے غلط ہجوم میں گھر گیا تھا اور ہر صحیح انسان ہر عہد میں غلط ہجوم میں گھر جاتا ہے اور وہ اس ہجوم سے باہر نکلنے کی کوشش کے باوجود نکل ہی نہیں سکتا۔لیکن آنے والا وقت اسے تلاش کر لیتا ہے۔ اسے حاصل کر لیتا ہے۔مگر بہت تاخیر سے کہ وہ بہت دیر سے ملتا ہے۔اسی طرح وہ بھی ایک نہ ایک دن ضرور مل جائے گا کہ میں اسے ڈھونڈ نکالوں گا کیوں کہ وہ کوئی بیرنگ لیٹر نہیں تھا بلکہ غلط پتہ پر لکھا ہوا صحیح ومصدقہ لیٹر تھا جو اس عہد بد کے غلط پتوں کی وجہ سے غلط ہاتھوں میں چلا گیا تھا۔ جیسے ہمارے آج کے اس خراب عہد میں صحیح چیزیں لاپتہ ہوگئی ہیں چنانچہ وہ بھی لاپتہ ہوگیا ہے۔ لیکن میں اس ابدال کو تلاش کرلوں گا۔

یہ کہہ کر وہ اس کی تلاش میں گھر سے نکل گیا تھا مگر مسلسل تلاش کے بعد اسے پتہ چلا کہ وہ کچھ دن پہلے ایک کباڑ خانہ میں نظر آیا تھا لیکن جب کسی آدمی نے اسے چھونے کی کوشش کی یا چھولیا تو وہ مٹی ہوگیا تھا!!

☆☆

مختار ٹونکی

موت کی چھوٹی بہن

لوصاحبو! ہوشمند وحد ہوگئی ہوش مندانہ عدم واقفیت کی کہ آپ موت صاحبہ کی خواہر خورد کو نہیں جانتے۔ واللہ! آپ تجاہل عارفانہ سے کام لے رہے ہیں اور اپنی سمجھ دانی پر زور نہیں دے رہے ہیں جی ہاں! شرطیہ طور پر آپ موت کی چھوٹی بہن کو بخوبی جانتے ہیں اور روزانہ اس سے گھنٹوں روبرو بھی ہوتے ہیں۔ اور صرف آپ کی ذات والاصفات ہی کیا کرۂ گیتی کے سبھی مرد ماں وزناں بلا شرکت غیر اس سے زانوئے ملاقات تہہ کرتے ہیں اور پھر خواب ہائے خرگوش کے مزے لیتے ہیں۔ خیر دیر سویر آپ نے کہیں سنا پڑھا ہوگا کہ بڑے میاں تو بڑے میاں چھوٹے میاں سبحان اللہ۔ اسی طرح بڑی بی تو بڑی بی چھوٹ بی بارک اللہ۔ دیکھئے! جب سب بلائیں ون ٹو آل تمام ہوجاتی ہیں تو مرگ ناگہانی ہوکر مرگ جاودانی وہ بصد ناز چپ چاپ تشریف لاتی ہے اور کسی زندے کو مردے میں تبدیل کر کے اس کی ابدی آرام گاہ پہنچا دیتی ہے پھر کہا جاتا ہے کہ دیکھو دیکھو

بیمار ہجر نیند قیامت کی سوگیا

زندگی اور موت لازم وملزوم ہی نہیں بلکہ بدیہی حقیقت ہیں چکبستؔ نے ان کی وضاحت یوں کی ہے:

زندگی کیا ہے عناصر میں ظہور ترتیب
موت کیا ہے انھیں اجزا کا پریشاں ہونا

اور فانیؔ بدایونی کی نظر میں......

اک معمہ ہے سمجھنے کا نہ سمجھانے کا
زندگی کاہے کو ہے خواب ہے دیوانے کا

فراقؔ گورکھپوری نے بھی ہاں میں ہاں ملائی تھی کہ

زندگی اچٹی ہوئی نیند ہے دیوانے کی

ارے اگر آپ اب بھی کچھ نہیں سمجھے تو خدا سمجھے۔ جی ہاں! ''نیند'' ہی موت صاحبہ کی چھوٹی بہن ہے۔ بڑی بہن تو بہت ظالم ہے وہ اشرف المخلوقات کی زندگی میں صرف ایک بار کسی بہانے بہر ملاقات آتی ہے مگر انسان خاکی بنیان کا پل بھر میں تیاپانچہ کر کے رکھ دیتی ہے۔ بعد مردنی مردے کے احباب واقرباء فاتحہ میں پلاؤ کھائیں کہ روٹی بوٹی اڑائیں مگر مردے کی شخصیت بذات خود اپنے اعمال وافعال سے لاچار ہوجاتی ہے اور اس کی بولتی بھی بخدا بند ہوجاتی ہے۔ اگر وہ عورت ہے تو ایک بار بھی ہائے اللہ، اوئی اللہ نہیں کہہ سکتی اور اگر مرد ہے تو سبحان اللہ، الحمد اللہ اس کی زبان سے نہیں نکلے گا۔ اور تو اور نہ وہ حرکت کر سکتا ہے نہ سن سکتا ہے اور نہ خواب بے صواب و باصواب دے سکتا ہے یعنی بڑی بہن اس کو دنیا ومافیہا سے بے خبر و بے نیاز کر دیتی ہے۔ اسی طرح زندہ آدمی جب سویا ہوا ہوتا ہے یا کسی وجہ سے بے ہوشی اپنے اوپر طاری کر لیتا ہے تو تیز شور وغل بھی اس پر خلل انداز نہیں ہوتے۔ بہرے کی بات چھوڑیئے وہ آلہ سماعت سے بے بہرہ نہ ہو تب بھی حرف مکرر بھی نہیں سنتا۔ چھوٹی بہن کی آغوش میں وہ اپنی سدھ بدھ کھو دیتا ہے یعنی ایک طرح سے موت کے منہ میں چلا جاتا ہے۔ گورستان تو خیر خفتگانِ خاک کی جائے پناہ ہوتی ہے مگر ملاحظہ کیجئے یہ ایک منی قبرستان ہے۔ ایک مکان عالی شان میں ایک درجن افراد تکیہ سرہانے رکھے گہری نیند سو رہے ہیں، دنیا ومافیہا سے بے خبر سو رہے ہیں۔ واللہ! کہ مردوں کی طرح خواب غفلت میں پڑے ہیں۔ اندھیری رات میں ہو کا عالم طاری ہے۔ جی ہاں! نیند بھی

موت سے کچھ کم نہیں ہوتی۔ گہری نیند وزدانِ شہر کو دعوتِ عمل دیتی ہے وہ چپ چاپ دبے پاؤں آتے ہیں اور مال ومتاع لے کر نو دو گیارہ ہو جاتے ہیں۔ جی ہاں! چوری چکاریاں وہیں ہوتی ہیں جہاں چھوٹی بہن غلبہ جمائے رہتی ہے۔ غلبہ پر ہمیں یاد آتا ہے کہ شعراء کے چچا غالبؔ کبھی کے چھوٹی بہن سے یہ کہہ کر بڑی بہن کی آغوش میں چلے گئے کہ

موت کا ایک دن معین ہے
نیند کیوں رات بھر نہیں آتی

ویسے کارِ جہاں دراز ہو مگر خدائے پاک بے نیاز کی حکمت کے صدقے جائیے کہ اس نے دن کام کے لیے بنایا ہے اور رات کو کلی طور پر آرام کے لیے۔ کوئی ذی روح اس سے مستثنیٰ نہیں۔ نیند تھکے ماندے انسان کے لیے نہ صرف سکون واطمینان کا تحفہ ہے بلکہ قوت وتوانائی کا سرچشمہ بھی ہے۔ ہر نیند اس کو نئی توانائی سے ہمکنار کرتی ہے اور اس کے احساسات کو از سرِ نو پیدا کرتی ہے۔ اب اگر کسی کو مسٹر غالبؔ کی طرح رات بھر نیند نہیں آتی ہے تو اس کا مطلب یہ ہے کہ چھوٹی بہن اس سے روٹھی ہوئی ہے ورنہ مشہور ہے کہ نیند تو سولی پر بھی آجاتی ہے۔ یہ بھی خوب کہی۔ سولی، پھانسی، پر تو صرف بڑی بہن کا اختیار ہوتا ہے۔ چھوٹی کے لیے کیا ضرور ہے کہ وہاں تک اپنے پیر پسارے۔ اللہ اللہ کیا زمانہ تھا کہ لوگ گھوڑے بیچ کر سو جاتے تھے۔ یہ معاملہ ہماری سمجھ میں نہیں آیا۔ اگر یہ مان لیا جائے کہ پہلے انھیں اس لیے نیند نہیں آتی کہ گھوڑے نہیں بکے مگر گھوڑے فروخت ہونے کے بعد تو ان کی نیند اور اڑنچھو ہو جانی چاہیے تھی کہ گھوڑوں سے حاصل شدہ رقم کہیں چوروں چکاروں کے ہتھے نہ چڑھ جائے۔ مسٹر غالبؔ کو تو نیند اس لیے نہیں آتی تھی کہ محبوب کی زلفیں انھیں پریشاں کیے رہتی تھیں۔ نیند کا نسخہ ان کی نظر میں یہ تھا کہ

نیند اس کی ہے، دماغ اس کا ہے، راتیں اس کی ہیں
تیری زلفیں جس کے بازو پر پریشاں ہو گئی

مگر شعراء تو نیند بیزار ہوتے ہیں اور اگر سوتے بھی ہیں تو یہ ہزار وقت روتے دھوتے سوتے ہیں۔ میرؔ وسوداؔ کے اشعار پڑھیں تو نیند کے اسرار کھلیں:

سرہانے میر کے آہستہ بولو
ابھی ٹک روتے روتے سو گیا ہے
سوداؔ کی جو بالیں پہ ہوا شور قیامت
خدامِ ادب بولے ابھی آنکھ لگی ہے

شاید ان کو پتہ نہیں تھا کہ زلفِ مشکبو میسر ہو جائے تو راتیں، نیند، دماغ سب کچھ حاصل ہو جاتا ہے۔ قاعدہ کلیہ یہ ہے کہ جن شعراو اشخاص کا طالع حد درجہ بیدار ہوتا ہے وہ نیند کے حصول کے لیے خواب اور گولیاں استعمال نہیں کرتے اور نہ شعر گوئی میں واویلا کرتے ہیں۔ البتہ اتنا تو کھلم کھلا کہا جا سکتا ہے کہ کبھی کبھار کسی کی نیند کن ہی وجوہ پر اچٹ جاتی ہے اور خیر سے کسی کو بدنام روگ لگ جاتا ہے تو اس کی نیند بھی اڑ جاتی ہے۔ بطور ثبوت ملاحظہ ہو جناب جرأت کا یہ شعر

نیند بھی اڑ گئی یا رب یہ ہوا مجھ کو کیا
میں تو حیران ہوں کہ یہ روگ لگا مجھ کو کیا

کہتے ہیں کہ روٹی کپڑا اور مکان انسان کی بنیادی ضروریات ہیں مگر مابدولت کا کہنا ہے کہ نیند بھی آدم زاد کے لیے ازلی، ابدی بنیادی ضرورت ہے۔ اگر انسان کو روٹی نہ ملے تو وہ پھل پھلا اور الا بلا کھا کے بھی اپنی عمر کو آگے کھسکا سکتا ہے، اگر ستر ڈھانپنے کو کپڑا نہ ملے تو وہ قدرتی ڈریس میں بھی زندگی گزار سکتا ہے اور اگر مکان نہ ملے تو وہ دیگر حیوانوں کی طرح غاروں گپھاؤں کو مکیں گاہ بنا سکتا ہے۔ ذرا سوچیے حجراتی دور میں اسے تینوں ضروریات کہاں میسر تھیں مگر نیند کا واللہ کوئی بدل نہیں تھا۔ وہ خوب سوتا تھا اور بغیر

گھوڑے بیچے سوتا تھا۔ تہر شہر زی روح کو بھوکا اٹھاتی ضرور ہے لیکن سلاتی نہیں۔ اسی لیے رات جب بھی آتی ہے تو وہ ہمارے لیے نیند کا پیغام لاتی ہے اور ''سلیپ ویل'' کے گدیلے تکیے میسر نہ ہوں تب بھی نیند کسی بھی زنانے مردانے کو ایک خواب نما دنیا اور تاروں کی طرح روشن مہتاب نما دنیا میں پہنچا دیتی ہے اور ہوتا یوں بھی ہے کہ

ہمیں سو گئے داستاں کہتے کہتے

واللہ اگر نیند کی دیوی نہ ہو تو ہما شا بے موت مر جائیں۔ روٹی کپڑا اور مکان سب دھرے رہ جائیں گے جب لاد چلے گا بنجارا۔ آپ جانتے ہیں نا! حضرت آدمؑ کو تنہائی سے نمٹنے کے لیے ایک عدد مونث کی ضرورت لاحق ہوئی تھی جو ان کی شریک حیات کا فریضہ انجام دے سکے لیکن نیند ایسی مونث ہے جسے شریک حیات ہی نہیں بلکہ شریک ممات بھی کہا جا سکتا ہے کیوں کہ وہ قبر میں بھی ساتھ نہیں چھوڑتی۔ پس ثابت ہوا کہ نیند مقدم ہی نہیں محترم بھی ہے۔ بلا کا ظالم ہے وہ شخص جو کر کے نیندیں حرام چلا گیا۔

اچھا! بتائیے آپ نوکری کیوں کرتے ہیں؟ چوری چکاری ہیرا پھیری کیوں کرتے ہیں ظاہر ہے کہ آپ جواب دیں گے پیسہ کمانے کے لیے دولت بٹورنے کے لیے۔ اجی جناب! آپ نندیا کی دنیا میں جا کر بھی نہال و مالا مال ہو سکتے ہیں تو معلوم ہو کہ برطانیہ میں ایک کمپنی کی طرف سے شہریوں کو یہ آفر کی گئی ہے کہ ہمیں ایسے لوگوں کی ضرورت ہے جو کئی دن تک سو سکیں۔ نوکری حاصل کرنے والے شخص کو 1350 برطانوی پاونڈز (دو لاکھ نوے ہزار روپے) کا معاوضہ ملے گا۔ بہت سے لوگوں کو محبوبہ سے بھی زیادہ نیند پیاری ہوتی ہے اور ان کی یہ خواہش ہوتی ہے کہ انھیں کوئی نہ جگائے اور وہ ہمیشہ پلنگ پر پڑے رہیں۔ ایسے لوگوں کے لیے نادر موقع ہے کہ وہ سو کر، نیند میں کھو کر بھی اچھی خاصی رقم کما سکتے ہیں۔ برطانوی خبر رساں ایجنسی کے مطابق برطانیہ میں فرنیچر اور دیگر گھریلو اشیاء بنانے والی ایک کمپنی کو ایسے لوگوں کی ضرورت ہے جو کئی دن سو سکیں۔

آپ کہہ سکتے ہیں کہ ہم تو آج تک پارچہ فروش، غلہ فروش، کفن فروش، کوکین فروش، بردہ فروش کے بارے میں تو سنتے آئے تھے ''نیند فروش'' کی تک ہماری سمجھ میں نہیں آئی۔ نہ آئے ہماری بلا سے یہ کیوں نہیں سوچتے کہ ہماری تمھاری دنیا میں طوائف کھلے بندوں اپنا جسم فروخت کر دیتی ہے اور یوسفؑ بھی برسرِ بازار نیلام ہو جاتے ہیں۔ پھر نیند تو بہر حال انمول اور بے جوڑ شئے ہے، بھلا کیوں نہ بکے؟ چلئے چلتے چلتے ایک شعر سنئے

'چائے' نہ پیجئے سن کر مرے فسانے کو
مرا فسانہ ہی کافی ہے نیند اڑانے کو

واقعی بہت سے افسانے ایسے ہوشربا ہوتے ہیں کہ نیندوں کو بھی اڑا دیتے ہیں۔ آپ نے ملکہ شہرزاد اور شہریار کی داستان پڑھی ہوگی کہ شہزادہ اسے صبح تک الجھائے رہتی تھی اور نیند کو کوسوں دور بھگائے رہتی تھی کہ اسے اپنی زندگی بھی پیاری تھی۔ بہر کیف یہ بہت ضروری ہے کہ موت کی چھوٹی بہن سے یارانہ دوستانہ نہ رکھا جائے ورنہ بڑی بہن جلد ہی آ کر گردن دبوچ لے گی، ٹیٹوا دبا دے گی۔ ارے آپ یہ کیا کہہ رہے ہیں کہ نیند آئے گی تو سو جاؤں گا۔ شاید بیمار ہجر میں اور رات میں تڑپنے کی سزا کاٹ رہے ہیں تو پھر تالیف قلب کے لیے یہ شعر پڑھیں:

اللہ انھیں نیند مبارک ہو جو مجھ کو
راتوں کو تڑپنے کی سزا دے کے گئے ہیں

☆☆

پروفیسر طارق چھتاری

غم سے نجات پائے کیوں

شکستہ دیوار و در، ہرسُو بیاباں، قیامت خیز یہ منظر کہ بوسیدہ محراب کے نیچے شطرنجی بچھا کر مرزا نوشہ نے سیاہ مہروں کو بساط پر یوں سجایا گویا ان کی فتح لازم ہو اور مدِ مقابل کی شکست ملزوم۔ مرزا نے فرغل سمیٹا اور دوزانو بیٹھ کر پیادے کو ایک خانہ آگے بڑھا دیا۔ دوسری جانب کا سفید پیادہ ایک ساتھ دو خانے آگے بڑھ گیا۔

''یہ کیا ہوا اور کیوں کر ہوا؟'' انہوں نے سوال کرنا چاہا لیکن جب نظر اٹھا کر دیکھا تو پایا کہ وہاں کوئی نہیں ہے۔

''معلوم ہوتا ہے سفید پیادے خود مختار ہیں۔''

دراصل چال چلنے والا سب کی نظروں سے پوشیدہ تھا اور اس نے کھیل کے بیشتر اصول بھی تبدیل کر دیے تھے۔ اس کا پیادہ ہمیشہ پہلی چال دو خانے چلتا تھا۔

مرزا اسداللہ خاں غالب نے چار چھ چالوں میں ہی قلعہ بنالیا اور وزیر، ہاتھی، اونٹ اور ڈھائی چال چلنے والے گھوڑے کی پاسبانی میں اپنے بادشاہ کو محفوظ کر لیا۔ وقت کے بازی گر نے کیا چال چلی کہ سفید مہرے 'بشپ، نائٹ، روک اور پوَن' اس طرح اپنا مقام متعین کرنے لگے کہ کوئین قلعے کی سب سے طاقتور محافظ بن گئی۔ دنیا کو بازیچۂ اطفال سمجھنے والے اسداللہ، خان بہادر، نظامِ جنگ نہایت احتیاط اور دور اندیشی کے ساتھ شطرنج کھیل رہے تھے مگر جانے کیسے بساط الٹ گئی۔ چوسر بچھائی تو سب گوٹیاں بکھر گئیں اور پیچھے سے آکر شہر کوتوال نے نجم الدولہ، دبیر الملک مرزا غالب کو قمار خانہ چلانے کے جرم میں گرفتار کر لیا کہ کوتوال دشمن تھا اور مجسٹریٹ ناواقف۔ فتنہ گھات میں تھا اور ستارہ گردش میں۔ ستم زدگاں کے مکان کی طرح تنگ قید خانۂ فرنگ کی ہیبت ناک دیواریں، موٹی موٹی آہنی سلاخیں، نیچی چھت اور چھت سے لگے روشن دان کہ جن سے روشنی کی بجائے کمرے میں تاریکی داخل ہوتی تھی۔ کوئی پوچھے کہ یہ قیدی کون ہے تو تم ہی بتلاؤ کہ ہم بتلائیں کیا؟ یہی کہ ایک قمار باز، تماشبین اور بادہ خوار کہ وتیرہ جس کا آوارگی یا یہ کہ شاعر، ولی اور فلسفی، جس کی آنکھ سے لہو ٹپکتا ہے اور دل جسم کے ساتھ جل کر راکھ ہو گیا ہے۔ مدتِ قید چھ ماہ قرار پائی ہے اور رہائی کی کوئی صورت نظر نہیں آتی۔ سشن جج باوجودے کہ اس کا دوست ہے اور اکثر صحبتوں میں بے تکلفانہ ملتا ہے، اس نے بھی اغماض اور تغافل اختیار کیا۔ صدر میں اپیل کی مگر کسی نے نہ سنی اور وہی حکم بحال رہا۔

اب مرزا غالب کسی محفلِ سخن میں نہیں جیل خانے میں تھے۔ وہ بیقراری کہ ہائے ہائے۔ چاروناچار کیا کرتے، کبھی صبر کیا اور کبھی شکوہ۔ زندگی کچھ اس ڈھب سے گزر رہی تھی کہ رات میں چاند گرہن لگتا اور دن میں سورج سَوا نیزے پر اُتر آتا۔ آنکھیں نہ بند ہوتی تھیں اور نہ کھلتی تھیں کہ ایک شب نیم باز آنکھوں سے خواب دیکھا: عمائدینِ شہر اور منتخب شعراء جمع ہیں، محفل شباب پر ہے۔ ادھر محمد ابراہیم ذوق، نواب ضیاالدین نیّر، مفتی صدرالدین آزردہ، امام بخش صہبائی تو اُدھر سید غلام علی وحشت، حکیم مومن خاں مومن، نواب شیفتہ، لالہ مہیش داس اور ہرگوپال تفتہ۔ سامنے تاجدارِ ہندوستان ابوظفر سراج الدین بہادر شاہ۔

شہنشاہِ فلک منظر، بہادر شاہ ظفر اٹھتے ہیں اور چھ پارچے کا خِلعت مع تین رقومِ جواہر یعنی جیغہ، سرپیچ اور حمائلِ

مروارید ایک نقرئی تشت میں رکھ کر غالبِ خستہ کی طرف بڑھتے ہیں۔ مرزا کی آنکھیں بند ہونے لگتی ہیں کہ محسوس ہوا شاہ نے اپنا دستِ شفقت ان کی پیشانی پر رکھ دیا ہے اور اس کے بعد ایک بے کس ضعیف بادشاہ کی کانپتی ہوئی آواز ان کی کانوں میں پڑی۔

''مرزا نوشہ اٹھو۔''

مرزا اسد اللہ خاں غالب کی آنکھ کھل گئی۔ سامنے قید خانے کا دربان کھڑا تھا۔

''میرے بھائی سنتے ہو؟ ذرا نزدیک تو آؤ، کچھ تو بتلاؤ کہ میں کس جرم میں گرفتار ہوا؟''

دربان آخر کیا جواب دیتا۔ قریب آیا اور بولا۔ '' کچھ درکار ہے کیا؟''

''بے شک۔''

''کیا چاہیے حضور؟''

''محض ایک تپائی۔''

''تپائی؟ لیکن کیوں؟''

''مطمئن رہو دربان۔''

''کیا فرار ہونا چاہتے ہیں یا پھندا لگا کر مرنا؟''

''فرار کی حاجت نہیں اور موت میری قسمت نہیں کہ اس کا ایک دن معیّن ہے۔''

دربان باہر نکلا، سلاخوں کی زنجیر میں تالا لگایا اور تھوڑی دیر بعد لکڑی کی ایک چھوٹی میز لے کر آ گیا۔

''بہت مشکل سے لایا ہوں مرزا صاحب۔''

''جیتے رہو، آفریں، صد ہزار آفریں۔''

دربان مرزا کی آنکھوں سے اوجھل ہو گیا لیکن چھپ کر دیکھتا رہا اور سوچتا رہا کہ آخر وہ اس میز کا کیا کریں گے؟ غالب روزن کو تکتے رہے، دیر تک تکا کیے، بالآخر صبح ہوئی اور سورج نکل آیا۔ حبس گزیدہ غالب نے دیوار کے سہارے میز لگائی اور اس پر چڑھ گئے۔ دربان چوکنا ہو گیا۔ وہ ایک ہی جست میں مرزا کو گرفت میں لینا چاہتا تھا، مگر کچھ ایسا دیکھا کہ بے حس و حرکت بُت بنا کھڑا رہا۔ دراصل سوختہ ساماں مرزا غالب کا چہرہ یکا یک آتش رنگ ہو گیا تھا اور پھر لمحے بھر میں ہی سیاہ پڑ گیا، گویا ان کا دلِ سوزِ نہاں سے بے محابا جل گیا ہو۔ مرزا غالب بمشکل تمام میز سے اترے۔ چہرہ فق تھا اور جسم لرز رہا تھا۔ دربان قریب آ کر کھڑا ہو گیا۔ مرزا نے جبیں سے پسینہ پونچھا اور خلاء میں گھورنے لگے۔ گمان گزرا کہ وہ اپنے کو اپنا غیر تصور کر رہے ہیں۔

''مرزا صاحب آپ کی اس حیرانی و پریشانی کا سبب.........؟''

''کیا تم جانتے ہو دربان کہ باہر ہوا کیا ہے؟'' اتنا کہا اور روشن دان پر نگاہ جما دی۔

''آپ نے باہر ایسا کیا دیکھ لیا مرزا صاحب کہ آپ کی یہ حالت.......''

''ابھی میرے حواس درست نہیں، یکتائے روزگار یہ غالب فی الوقت تنہائی چاہتا ہے۔''

دربان چلا گیا۔ لیکن وہ ہر روز دیکھتا کہ مرزا غالب روشن دان سے باہر جھانکتے ہیں اور اسی کیفیت سے گزرتے ہیں۔ دربان تجربے کار تھا، اسے پورا یقین تھا کہ مرزا قید کی تنہائی سے گھبرا گئے ہیں۔ کھلی فضا میں سانس لینے اور انسانوں کے درمیان جانے کی خواہش ہی ان کی اس حالت کا سبب ہے۔ ان کے لیے تو نہ وہ زمانہ رہا، نہ وہ لوگ، جن کے ساتھ شطرنج اور چوسر کی بازیاں لگتی تھیں اور ساغر و مینا کی محفلیں جمتی تھیں۔

اب مرزا غالب کی سزا کے تین ماہ مکمل ہو گئے تھے۔ دن ڈھل رہا تھا، شب کی آمد آمد تھی۔ ابھی مشعلیں روشن نہیں کی گئی تھیں۔ مرزا رنج سے خوگر ہو چکے تھے اور ان کی تمام مشکلیں

آسان ہوگئی تھیں۔ وہ مسند پر نیم دراز تھے کہ اسی پل لوہے کا دروازہ کھلا۔ دو سائے رینگتے ہوئے نظر آئے۔ ایک نے قدم بڑھا کر آبنوسی کشتی میز پر رکھ دی۔ اس میں کشمش، بادام اور آخروٹ سے بھرا پیالہ اور ولایتی شراب کا شیشہ رکھا تھا۔

''دربان! تمہارے ہم راہ کون ہے؟''

''حضور، نواب مصطفیٰ خاں۔''

غالب کے چہرے پر شادمانی کے نقوش ابھر آئے۔

''تو اے کہ شیفتہ و حسرتی لقب داری۔''

''آداب مرزا نوشہ''

کسی نے مشعل جلا دی اور کمرہ روشنی سے بھر گیا۔

''گویا کہ آج رحمتِ حق بشر کی شکل میں آئی ہے۔'' مرزا غالب نے کہا اور اٹھ کر بیٹھ گئے۔ نواب صاحب جہانگیر آباد مصطفیٰ خاں شیفتہ کو بھی اپنے بوریے پر بٹھالیا۔

''مرزا صاحب آپ کے لیے خوش خبری ہے۔''

''اب نہ اچھی خبر سے خوشی ہوتی ہے اور نہ بری خبر سے رنج۔'' غالب تھوڑی دیر خاموش رہے اور پھر بولے۔ ''میں واقف ہوں کہ شیفتہ نے ہمیشہ مجھ سے دوستی اور مہربانی کا برتاؤ کیا ہے۔''

''مرزا صاحب یہ آپ کا حق ہے۔''

''مِنّت کش ہوں تمہارا۔''

نواب شیفتہ نے مرزا صاحب کو رہائی کا پروانہ دکھاتے ہوئے کہا۔

''آدھی معیاد گزرنے کے بعد مجسٹریٹ کو رحم آیا اور صدر میں آپ کی رہائی کی رپورٹ کی اور وہاں سے حکم رہائی کا آ گیا۔''

مرزا اسداللہ خاں غالب بجائے خوش ہونے کے فکر مند نظر آنے لگے۔

''ہائے یہ کیا غضب ہوا'' علاوہ اس کے کچھ نہ کہہ سکے۔

''سنا ہے کہ جب رحم دل حاکموں نے مجسٹریٹ کو آپ کی آزادہ روی سے مطلع کیا تو مجسٹریٹ نے خود بخود رہائی کی رپورٹ بھیج دی۔''

یہ سننا تھا کہ سپاہ گری سے منسلک اپنے خاندان پر نازاں مرزا اسداللہ خاں غالب پر لرزہ طاری ہو گیا۔ گلے کی تمام رگیں تن گئیں۔ خوف اور دہشت کا یہ عالم تھا کہ جیسے مالیخولیا کا دورہ پڑ گیا ہو۔ شیفتہ نے یہ منظر دیکھا تو ششدر رہ گئے، خود کو سنبھالا اور آہستہ سے بولے۔

''مرزا صاحب آپ کو رہائی ملی ہے۔ سزا کی مدّت نصف ہوئی ہے، اس میں تو سبیع نہیں۔''

''شیفتہ وہ آوازیں سنو۔''

''کون سی آوازیں۔ وہ آوازیں جہاں رقص و سرود کی محفل ہے۔ ساز ہے آواز ہے اور آپ کی غزل۔ کیا آپ وہاں جانا نہیں چاہتے مرزا نوشہ؟'' شیفتہ نے ان کو معمول پر لانے کی کوشش کی مگر بے سود۔ غالب کو نہیں معلوم تھا کہ وہ جنوں میں کیا کیا کچھ بک رہے ہیں۔

''آخر آپ کا مدّعا کیا ہے مرزا نوشہ؟''

وہ خاموش رہے تو دربان نے آگے بڑھ کر کہا۔ ''نواب صاحب جان کی امان پاؤں تو کچھ عرض کروں؟''

''ہاں بتاؤ کہ ہوا کیا ہے؟''

''مرزا صاحب روزانہ اس جھروکے سے باہر جھانکتے ہیں اور پھر......'' وہ اپنی بات مکمّل بھی نہیں کر پایا تھا کہ مرزا نوشہ اسداللہ خاں غالب گویا ہوئے۔

''بھائی شیفتہ تم کہتے ہو میں یہاں تین ماہ سے ہوں، میں کہتا ہوں صد و ہفتاد سال۔''

''کیا ایک سو ستر سال؟''

''ہاں میرے بھائی ایک سو ستر سال۔ کیا تم نہیں جانتے ہو قید خانے

میں تو سب خیریت ہے، ولیکن باہر پوری کائنات مشکوک ہے۔ یہ دنیا دیارِ غیر معلوم ہوتی ہے اور ہم وہاں ہیں جہاں سے ہم کو بھی ہماری خبر نہیں آتی۔

اہل صفا کو سر چھپانے کی جگہ نہیں مل رہی ہے۔ آتش ہے، دھنواں ہے، غبار ہے، گویا ہر طرف انتشار ہی انتشار ہے۔''

شیفتہ نے مرزا کا ہاتھ تھام لیا اور بولے۔''لیکن مرزا صاحب یہ ایک قید خانہ ہے۔''

''اور وہ کیا ہے باہر؟ شیفتہ یہاں سزا ہے تو وہاں قضا ہے میرے بھائی۔ وہاں ظلم و ستم کے کوہِ گراں ہیں، جن سے ٹکرا کر انسانوں کے سر پاش پاش ہو جاتے ہیں۔''

''یہ آپ کا وہم ہے مرزا صاحب۔''

''نہیں شیفتہ یہ وہ منظر ہے جو خود اپنا ناظر ہے۔ جو غائب بھی ہے اور حاضر بھی۔'' شیفتہ خاموش تھے اور مرزا بول رہے تھے۔

''مقدّس صحیفوں کے حرف مٹنے لگے ہیں۔ تلک چھاپ سب چھین لی گئی ہیں۔ کوہِ قاف کی پریوں کے بال و پر نوچ لیے گئے ہیں اور سارا عالم حشر کا میدان بن گیا ہے۔ ارژنگ، عظیم مصوّر کا نگار خانہ، ویران ہے جبکہ اسلحہ خانوں کے دروازے کھول دیے گئے ہیں۔ سقراط، افلاطون اور ارسطو کو قتل کر دیا گیا ہے۔ میرا بائی اور حبہ خاتون گرفتار کر لی گئی ہیں اور ہر موڑ پر کالی داس، رومی، عمر خیام اور شیکسپیئر سر کے بل کھڑے ہیں۔ بدھ اور مہاویر کی تعلیمات کے نئے معنی تلاش کیے جا رہے ہیں۔ فرید بابا اور نانک گرو افسردہ ہیں۔ خزاں کی حکمرانی ہے اور اب گھر کی دیواروں پر بھی سبزہ نہیں اگتا۔ ہائے ہائے وہ شہرِ فسوں کہ ذکر آتے ہی جس کا سینے پر اِک تیر لگتا تھا۔ آہ......''

غالب کی زباں سے آہ نکلی اور وہ دیوار کا سہارا لے کر کھڑے ہو گئے، پھر لڑ کھڑا کر زمین پر یوں گرے جیسے سارے عالم کی بلند اور عظیم الشان تاریخی عمارتیں گر کر ریزہ ریزہ ہو گئی ہوں۔ نجم الدولہ، دبیر الملک، نظامِ جنگ، خان بہادر مرزا اسد اللہ خاں غالب نے ایک ہچکی لی اور موت کی آغوش میں چلے گئے۔

غالب کی لاش فرش پر پڑی تھی اور وہ خود قید خانے کے تاریک گوشے میں بیٹھے تماشائے اہل جہاں دیکھ رہے تھے کہ اچانک ان کی لاش ہزار لاشوں میں تبدیل ہو گئی۔

''یاالٰہی، یہ ماجرا کیا ہے؟''

سارا جہاں محوِ حیرت تھا کہ شاعروں اور فن کاروں فلسفیوں اور دانشوروں، صوفیوں اور سنتوں کی بے شمار لاشیں قید خانے کی سنگلاخ زمین پر بکھری پڑی تھیں اور قید خانۂ فرنگ کا دربان اپنی جگہ اسی طرح تعینات تھا لیکن سخن فہم اور غالب کے طرفدار نواب مصطفیٰ خان شیفتہ وہاں سے غائب تھے۔

☆☆

قمر جمالی

اضطراب

وہ بڑی دیر سے یوں ہی ساکت کھڑی تھی ـــــ دم سادھے۔

سمندر کے کنارے اس طرح کھڑے نظارہ کرنے کا کوئی پہلا موقع نہ تھا، وہ کئی بار سمندر کے کنارے آچکی تھی۔ مگر آج ـــــ اس پر خوف طاری تھا۔ آج سمندر کے تیور بالکل مختلف تھے۔ موجوں کی تندی میں تشنج کی کیفیت تھی۔ لہریں ایک دوسرے پر چڑھتی، غرّاتی ہوئی اس کی طرف بڑھ رہی تھیں، وہ وہاں سے لوٹ جانا چاہتی تھی۔ مگر مجبور تھی اسکے پاؤں گھٹنوں گھٹنوں ریت میں دھنس گئے تھے۔

وہ دیکھ رہی تھی۔ ساکت آنکھوں سے ـــــ سینے میں نہ سنبھلتی سانسوں کا یلغار تھا۔

اس نے دیکھا ـــــ ایک سیاہ پہاڑ بڑی تیزی سے اس کی طرف بڑھتا چلا آرہا تھا اور سمندر کی مہیب لہریں کسی عفریت کی طرح اس سیاہ پہاڑ کو اپنی پیٹھ پر لادے اس کی طرف بڑھ رہی تھیں۔

پتہ نہیں کیا ہوگیا تھا سمندر کو!

ورنہ ـــــ یہی لہریں اسے کتنی راحت بخشتیں ـــــ!

ان لوٹ پوٹ کرتی لہروں کو دیکھ کر اُسے ہمیشہ معصوم بچوں کی شرارتیں یاد آتیں۔ لہریں جب ایک دوسرے پر سبقت لیجانے کے لئے ایک دوسرے پر چڑھ جاتیں اور لوٹتے ہوئے سمندر کے وشال سینے میں جذب ہو جاتیں تو اسے ماں کے آنچل کی ٹھنڈک اور بھینی بھینی شیریں خوشبو کا احساس ہوتا جسے وہ نتھنے پھلا پھلا کر اپنے اندر سمیٹ لیتی اور ایک نئی تازگی اور قوت کا احساس کرتی تھی۔

مگر آج ـــــ سمندر اس سے بری طرح ناراض تھا۔ اندھیرے کا پہاڑ اب اس کے بالکل قریب آگیا تھا۔

''عفریت ـــــ!!''

اس کے جسم نے جھرجھری لی۔ اس نے دیکھا چشم زدن میں ایک قہر آلود لہر اس سیاہ پہاڑ کو اپنے شانوں سے اٹھا کر اس کی طرف پھینکنے کے درپے تھی کہ ـــــ اس نے زور کی ہانک لگائی۔

''یا خدا! ـــــ'' اس نے پوری قوت لگا کر پیچھے کی طرف چھلانگ لگائی اور دوڑنے لگی۔ پتہ نہیں کیسے وہ ریت کے شکنجے سے آزاد ہوگئی۔

''موت اگر پیچھے پڑ جائے تو زندگی ہی مزاحمت پر اتر آتی ہے۔'' اس کے دل نے کہا۔

اب وہ پیچھے مڑ کر دیکھے بغیر بھاگ رہی تھی۔ وہ بھاگتی رہی۔ بس بھاگتی رہی۔ کتنے دن اور کتنی راتیں اسے یاد نہیں۔ اس کے پاؤں لہولہان ہوگئے اور جسم کی ساری توانائی سلب ہوگئی تھی، اس پر غنودگی طاری ہونے لگی تھی اور اس کی بینائی اس کا ساتھ چھوڑنے لگی تھی۔ اب اسے کچھ دکھائی نہ دیتا تھا۔ ہر طرف گھپ اندھیرا اور سناٹا تھا۔ وہ بے سُدھ ہو کر گر پڑی۔

وہ بیہوش نہیں تھی اگرچہ کہ اس کے حواس ساتھ چھوڑنے کی دھمکیاں دے رہے تھے۔ اس میں ہلنے ڈولنے کی طاقت نہیں تھی۔ اس نے خود کو دھرتی ماں کے سپرد کر دیا تھا۔ دونوں ہاتھ اور پیر پھیلا کر وہ زمین پر پسر گئی اور لمبی لمبی سانسیں لینے لگی۔

اب ـــــ اسے ایک انجانے سکون کا احساس ہونے لگا تھا۔ اس کی آنکھیں خود بخود بند ہونے لگی تھیں۔ کچھ ہی دیر میں وہ خود سے بے خبر ہوگئی۔

دوبارہ ـــــ جب اس نے آنکھیں کھولیں، صبح کی سپیدی پھیل رہی تھی۔ کھلے آسمان پر پنکھ پکھیرو اونچی پرواز کے لئے اپنے کس بل

سدھار رہے تھے۔ حدِ نظر تک جنگل ہی جنگل تھا۔ درختوں کا ایک بے ہنگم سلسلہ......وہ اٹھ کر بیٹھ گئی۔

اپنے پیروں کو یوں ہی دراز رکھے دونوں ہاتھوں کو پیچھے کی طرف زمین پر ٹیکے، اپنے اطراف کا جائزہ لینے لگی۔

''چلنا چاہئے۔''

وہ پاؤں کو سمیٹنے کی کوشش کرنے لگی مگر پاؤں من من بھاری لگتے تھے۔ جسم اتنا ناتواں تھا جیسے کسی نے ساری توانائی نچوڑ دی ہو۔

''کبھی کبھی بے انتہاء لاچاری طاقت کا منبع بن جاتی ہے۔''

یہ اس کے شوہر کی آواز تھی۔ ''نوید ——''

وہ یکلخت اٹھ کر کھڑی ہوگئی اور چاروں طرف نظریں گھما گھما کر ڈھونڈنے لگی۔ وہاں کوئی نہ تھا۔ اس نے جھک کر اپنی ٹانگوں کی طرف دیکھا۔

''نوید میری طاقت کا سرچشمہ۔!!''

وہ خود سے گویا ہوئی، جھک کر دونوں پاؤں کو چھو کر محسوس کیا اور —— پھر سے دوڑنے لگی۔

بے سمت —— اور بے ارادہ —— دوڑتے دوڑتے وہ بہت دور نکل آئی تھی۔ اس نے دیکھا —— دور —— کہیں —— افق کے پار۔ ایک عمارت کے موہوم سایے آہستہ آہستہ نیچے کی طرف لڑھک رہے تھے۔ عمارت کے وہ موہوم سایے اسے منزل کے نشان لگے۔

اس نے اپنی رفتار تیز کردی۔ کہتے ہیں منزل کے نشان انسان کی ٹوٹتی امید کو ایک نئی توانائی بخشتے ہیں۔ اس کے اندر بھی ایک توانائی ابھر آئی تھی۔ وہ اب اس عمارت کے سامنے تھی۔

وہ ایک دواخانہ تھا۔ نہایت بوسیدہ اور خستہ حال۔ عمارت کے رنگ و روغن انسانی لمس سے محرومی کا رونا رو رہے تھے۔ بڑی سرعت کے ساتھ وہ دواخانے کے اندر پہنچ گئی۔ اندر ایک بڑے ہال میں داخل ہوتے ہی اس کی نظر اوپر کی منزل تک پہنچانے والی سیڑھیوں پر پڑی۔ وہ ان سیڑھیوں سے گذر کر ایک وارڈ کے سامنے رک گئی۔ لمحہ بھر توقف کر کے وہ بے دریغ اندر گھستی چلی گئی۔

''آپ اندر نہیں جاسکتیں۔'' ایک کرخت آواز والا سکیوریٹی گارڈ اس کے راستے میں حائل ہوگیا۔

''کیوں ——؟''

''یہ آئی. سی. یو ہے۔ یہاں داخلہ منع ہے۔''

''میرا بھی ——؟''

اس نے حیرت سے 'بھی' کو لمبا کھینچ کر پوچھا۔

''کیوں آپ کچھ خاص ہیں؟''

''ہاں ہوں —— اس وارڈ میں میرے شوہر ہیں۔''

''بہت سے شوہر، بہت سی بیویاں، نانیاں، دادیاں ہیں تو ——؟''

سکیوریٹی گارڈ نے تمسخر آمیز لہجے میں سوال کیا تو اس کے تن بدن میں آگ لگ گئی۔

''تم مجھے اندر جانے سے روکو گے ——؟''

''یہ میری ڈیوٹی ہے۔''

''کیسی ڈیوٹی —— اندر میرے شوہر اکیلے ہیں۔ دیکھتی ہوں تم مجھے کیسے روکتے ہو؟''

اس نے سکیوریٹی گارڈ کو پوری قوت سے پرے ڈھکیلا اور بجلی کی سی سرعت کے ساتھ اپنے شوہر کے بیڈ تک پہنچ گئی۔

''ہائے ——! جن ہاتھوں نے مجھے زمین سے اٹھا کر آسمان تک پہنچایا، جس کے پنجوں پر پاؤں رکھ کر میں نے اس مکر و فریب سے بھری دنیا کی سنگلاخ زمین پر چلنا شروع کیا۔ آج وہ کتنا بے بس ہے ——!!''

اس نے اپنے سینے پر دوہتڑ مارے اور زار و قطار رونے لگی۔

''یہ کیا کیا تم لوگوں نے ——؟ کیا کیا ان کے ساتھ ——؟ یہ زندہ کہاں ہیں —— بتاؤ مجھے میرا نوید کہاں ہے؟''

اس نے چیخ چیخ کر پورا وارڈ سر پر اٹھالیا۔

''یہ کیا کر رہی ہیں آپ؟ چلئے۔ چلئے یہاں سے۔'' اندر کا عملہ اُسے روکنے کی کوشش کرنے لگا۔

وہ ہاتھا پائی پر اُتر آئی اور جو چیز ہاتھ لگی اُسے توڑ پھوڑ دیا۔

''چھوڑو مجھے --- چھوڑو --- نہیں تو سب تباہ کر دوں گی۔ دواخانے کو جلا کر راکھ کر دوں گی —— چھوڑو —— چھوڑو —— چھوڑو۔''

اس کی آواز اندر ہی اندر ڈوبتی چلی گئی۔

"Panic Attack" ڈاکٹروں نے تشخیص کیا۔ ویسے یہ جملہ وہ کئی بار سن چکی تھی۔

''اماں! سنبھالو اپنے آپ کو۔''

دو موٹے موٹے آنسو اس کی بیٹی کی آنکھوں سے ٹپک کر اس کے رخسار پر گر پڑے۔ اس نے جھٹ سے آنکھیں کھول دیں۔ اس کی بیٹی اس پر جھکی اس کا چہرہ صاف کر رہی تھی۔

''میں —— میں —— میں کہاں ہوں؟''

''گھر پر ہی ہو۔ یہ دیکھو ہم سب یہیں ہیں آپ کے پاس۔''

اس نے سر گھما گھما کر اپنے اطراف دیکھا۔ بچیوں کی آنکھیں اشکبار تھیں۔ اسے اپنے بازو پر سوائی چبھنے کا احسا ہوا اور اس پر غنودگی طاری ہونے لگی، پھر وہ دنیا سے غافل ہوگئی۔

''ایسا کب تک چلے گا ڈاکٹر ——؟''

''اسٹرونگ ری فلیکسیز ہیں۔ کریٹیو مائنڈز کی یہی پرابلم ہوتی ہے۔ اسے وقت لگے گا۔ وقت سے اچھا کوئی مرہم نہیں۔ سچ تو یہ ہے کہ انہیں سدھارنے کے لئے دوائی کی نہیں Attention کی ضرورت ہے۔ علاج تو خود انہی کے ہاتھ میں ہے۔ آپ لوگ انہیں اس ماحول سے نکالئے۔ ورنہ یہ ڈپریشن میں چلی جائیں گی۔''

وقت کبھی یکساں نہیں ہوتا۔ اور —— نہ ہی اچھا ہوتا ہے نہ برا۔ اس کا کام تو بس گذرنا ہوتا ہے۔ گذرتا ہی رہتا ہے۔ یہ تو حوادثِ زندگی ہیں جو زندگی کے نشیب و فراز کا تعین کرتے ہیں اور اپنے اَنمِٹ نشان چھوڑ جاتے ہیں۔ یہ نشان سنگِ میل کی طرح زندگی کی راہ میں ثبت ہو جاتے ہیں اور انسان انہی میل کے پتھروں کو اچھا یا برا وقت گردانتا ہے۔ ثمر کے ساتھ بھی ایسا ہی ہوا۔ ماضی کسی آہنی شکنجے کی طرح اسے دبوچتا رہا۔ وقت اپنی چال چلتا رہا۔ اچھا یا برگردانن نے سے اس کی چال میں کوئی فرق نہ پڑا۔ پر —— ثمر ناسٹیلجیا کا شکار ہوگئی۔

ویسے —— ثمر کوئی اَن پڑھ یا جاہل عورت نہیں تھی۔ ایک ذمہ دار عہدے سے سبکدوش ہوئی تھی۔ خاصی پڑھی لکھی اور خدا پرست خاتون تھی۔ مگر اُس وقت تک، جب تک وہ خود کو پہچانتی تھی۔ یہاں معاملہ ہی الٹا تھا —— ثمر خود کہیں کھو گئی تھی۔ کبھی کبھی اس کا وجود اس کے ہونے سے انکار کرتا اور وہ خود کو ڈھونڈتے بہت دور نکل جاتی۔

اکثر وہ انجماد کا شکار ہو جاتی۔ اپنے بستر کے ایک کونے میں گھنٹوں پڑی خلاء میں بیتے وقتوں کے لمحوں کو جوڑتی رہتی۔ پر یہی لمحے کبھی کبھی بارودی سالموں کی طرح پھٹ کر بکھر جاتے تو وہ خود کو ریزہ ریزہ منتشر ہوتے دیکھتی اور بے خود ہو جاتی۔

آج —— صبح سے وہ بڑی مضطرب تھی۔ بچوں سے فون پر بات کی۔ ناشتہ کیا اور اپنے دارالامان یعنی بستر کے کونے میں دبک کر بیٹھ گئی۔ اُسے لگا اس کا دل پھسل کر دونوں پسلیوں کے پیچھے کلیجے میں اُتر آیا ہے اور فقط ایک تارِ نفس سے معلق لٹک رہا ہے۔

ایک تلاطم تھا پسِ دیوار ——! اگر پسلیوں کی دیوار آڑے نہ ہوتی دل کب کا سینہ پھاڑ کر باہر نکل پڑتا۔ شورشِ حیات جسم کے روم روم سے سنائی دینے لگی تھی۔ اس پر رعشہ طاری ہوگیا تھا۔ اسے یقین ہوگیا کہ دل شدید احتجاج پر اُتر آیا ہے۔ اب تارِ نفس ٹوٹنے کو ہے۔

''یا خدا ——!!!'' اس نے دونوں ہاتھوں سے کانوں کو بند کر لیا اور گھٹنوں کو پیٹ کے اندر سمیٹ کر کروٹ لیٹ گئی۔ اس کا سارا جسم پسینے سے شرابور ہو چکا تھا۔ خواب آور گولی، اس کی نجات دہندہ تھی،

بڑی مشکل سے اس نے اپنے آپ کو سنبھالا اور نیند کی گولی منہ میں ڈال لی۔ کچھ ہی دیر میں اس پر غنودگی طاری ہونے لگی اور وہ اس باشعور دنیا سے بےخبر ہوگئی۔

مگر ـــــ شعور کے غائب ہوتے ہی ایک بار پھر وہ اسی دنیا میں پہنچ گئی جو اس کے لاشعور میں بسی تھی۔

وہی عمارت ـــــ وہی دواخانہ ـــــ وہی آئی. سی. یو وارڈ۔

اس نے دیکھا ڈاکٹروں کی ایک ٹیم اس کے شوہر کو اپنے حلقے میں لئے ہوئے تھی۔ اطراف پردہ کس دیا گیا تھا۔ وہ دوڑتی ہوئی اندر پہنچ گئی۔

''وہاٹ نان سنس ـــــ!! انہیں اندر کس نے آنے دیا ـــــ؟''

''سیکیوریٹی ـــــ!!'' ڈاکٹر نے ہانک لگائی۔

''کیا ہوا ـــــ؟ کیا ہوا انہیں ـــــ؟ کیا کر رہے ہو تم لوگ ان کے ساتھ؟''

''چھوڑو مجھے۔ چھوڑو۔ میں تم سب کو مار ڈالوں گی۔ ختم کردوں گی۔''

''تم تو خود کو مسیحا سمجھتے ہو نا۔ پھر یہ کیا کیا۔ میرے شوہر کو روز روز موت کی طرف کیوں ڈھکیل رہے ہو بتاؤ مجھے ـــــ بتاؤ۔'' وہ زور زور سے چلانے لگی۔

''میم ـــ میم ـــ ان کا دل رُک گیا تھا۔ ہم اُسے REVIVE کر رہے ہیں۔ آپ پلیز باہر جائیے۔ پلیز۔''

''ـــــ سیکیوریٹی ـــــ!'' ڈاکٹر نے پھر سے سیکیوریٹی کو آواز دی۔

سیکیوریٹی کا عملہ اُسے گھسیٹ کر باہر لے آیا اور وارڈ کے سامنے ایک اسٹول پر بٹھا دیا۔

وہ اسٹول پر بیٹھی روتی رہی ـــــ بےحساب ـــــ بےشمار جانے کتنے گھنٹے ـــــ!!

پھر کسی نے اسے وہاں سے ہٹانے کی جرأت نہ کی۔ وہ ایک پتھر کے بت کی طرح جم گئی۔ ہوش تو اس وقت آیا جب کسی نے اُسے شانوں سے پکڑ کر ہلایا۔

''اماں ـــــ چلو۔''

''کہاں ـــــ؟ اندر تیرے بابا کو وینٹی لیٹر پر ڈال دیا ہے۔''

''ٹھیک ہے ـــــ علاج ہی تو ہے۔ آخر کب تک اماں ـــــ! سنبھالو خود کو ـــــ لو کچھ کھالو، مجھے آفس جانا ہے۔ آنکھیں کھولو۔ دیکھو، آپ دواخانے میں نہیں گھر پر ہی ہیں۔''

یہ اس کی بڑی بیٹی تھی۔ بچیوں نے باری باری اپنی ڈیوٹی لگائی تھی۔ وہ جی جان سے اس کی تیمارداری میں لگی تھیں۔ مگر بیماری کسی کی سمجھ میں نہ آتی تھی۔ وہ دن بہ دن کمزور ہوتی جا رہی تھی۔ غذا گھٹ کر چار لقموں میں محدود ہوگئی تھی۔ اس کا وزن تیزی سے گر رہا تھا۔ ایسا بھی نہیں تھا کہ وہ خود کو سنبھال نہیں رہی تھی۔

مگر زخم شاید اتنے گہرے تھے کہ بھرنے کا نام ہی نہ لیتے۔

''اماں ـــــ! آپ بیمار نہیں ہیں۔'' یہ اس کی منجھلی بیٹی تھی۔ زندگی کی واجبات کو ان کے حقیقی روپ میں دیکھنے کی عادی، ایک Realistic لڑکی۔

''آپ پہلے یہ قبول کرلیں اماں کہ آپ بیمار نہیں ہیں۔''

''ہاں بیٹا ـــــ! ڈاکٹر بھی یہی کہتا ہے۔''

''ہاں! کیوں کہ درد کا درماں کوئی اور نہیں، اماں خود آپ ہیں۔ آپ ہی کو اس مشکل سے نجات کی راہ ڈھونڈنی ہوگی۔ اپنے لئے نہ سہی اماں! ہمارے لئے۔ ہم سب کے لئے۔'' یہ اس کی چھوٹی بیٹی تھی جو زار و قطار رو رہی تھی۔

''میں جانتی ہوں۔ میرے وجہ سے تم سب پریشان ہو۔ بیٹا! یوں کرو۔ مجھے تنہا چھوڑ دو۔ ڈرو نہیں۔ کیونکہ زندگی کی ڈور جب ٹوٹنے کو ہوتی ہے تو انسان اُسے پوری قوت سے تھام لیتا ہے اور جب موت آنکھیں دکھاتی ہے، زندگی اس سے زیادہ طاقتور ہوجاتی ہے۔ مجھے کچھ نہیں ہوگا۔ یہ میری لڑائی ہے۔ مجھے لڑنے دو۔ میں تم

سے شرمندہ ہوں — اور خود سے شرمسار بھی۔''

''لو۔ دوائی کھالو۔'' اس نے دوائی لے لی۔ کیونکہ وہ خود نہیں چاہتی تھی کہ وہ اپنی بچیوں کی تکلیف کا سبب بنے۔

شام کے سایے تیزی سے پوری کائنات کو اپنی لپیٹ میں لے رہے تھے۔ وہ بڑی دیر سے آرام کرسی میں دھنسی اپنی بیٹی کو گھریلو کام کاج میں منہمک دیکھ رہی تھی۔ وہ خود کسی فرم میں اچھے عہدے پر فائز تھی۔ مگر شمر کی تربیت کہ اس کی بچیاں زندگی کی ہر ذمہ داری خندہ پیشانی سے اٹھانے کی اہل تھیں۔ وہ اس معاملے میں دنیا کی خوش نصیب ترین ماؤں میں شمار ہوتی تھی۔

''یا اللہ — ! میں تجھ سے شاکی نہیں ہوں اور نہ ہی تجھ سے کوئی شکایت ہے۔ میرا ایمان متزلزل بھی نہیں ہے۔ میں ایک سچی مسلمان ہوں۔''

گھڑی بھر کو وہ چپ ہوگئی اور آنکھیں موندلیں۔

''یا حیُّ یا قیّوم! موت ایک حقیقت ہے اور ہر ذی روح کو موت کا ذائقہ چکھنا ہی ہے۔ مجھے معاف کردے۔ میں تجھ سے ناراض نہیں ہوں۔ بس — ایک پچھتاوا رہ گیا ہے کہ — جس شخص نے ہمیں زندگی دینے کے لئے اپنی زندگی کی تھرتھراتی لو پر توجہ نہ دی۔ اس دیئے کو ہم نے ہواؤں کی زد پر چھوڑ دیا — ''

کاش — ! ہم انہیں آئی. سی. یو سے نکال لاتے!

کاش — ! وہ دنیا چھوڑنے سے قبل اپنوں کے درمیان ہوتے — !

کاش — ! وہ بول سکتے اور اپنی تنہائی پر احتجاج کرسکتے — !

کاش آخری وقت میں ان کے پہلو میں کھڑی ہوئی ہوتی — !

کاش وہ — ! کاش میں — ! کاش — کاش — کاش — !''

اس کا سر درد سے چیخ کر پھٹ گیا اور کہیں پاس میں بجلی ٹوٹ کر گری اور گھڑی بھر کو سارا ماحول منور ہوگیا۔ اس نے دیکھا — سامنے جنازہ رکھا تھا۔ لوگ اسے سہارا دے کر میّت کے قریب لے جا رہے تھے کہ مہر بخشوا سکے۔ وہ کیا جانتے کہ اس شخص نے مقررہ حد سے سوا ادا کردیا تھا۔

''بی بی! عفو و درگذر سے کام لو۔ آگے پیچھے کہا سنا معاف کردو تاکہ سفر آسان ہو۔''

اس نے دیکھا نہیں۔ یہ کون کہہ رہا تھا۔ اسے کچھ بھی دکھائی نہ دیتا تھا۔ آنسوؤں کی باڑھ اس کی بینائی پر حاوی ہوگئی تھی۔ ورنہ اس مرد کا گریبان پکڑ لیتی کہ کس کو معاف کرنے کو کہتے ہو — ! جس نے کچھ کیا ہی نہ ہو اس کی معافی کیسی — ! فی الحال وہ کسی کی بات پر توجہ نہیں دے رہی تھی۔ وہ تو بس اپنے شوہر کو آخری وقت نظر بھر کر دیکھنا چاہتی تھی۔ مگر اس کی بینائی اس کا ساتھ نہیں دے رہی تھی۔

''چلو چلو — ! اٹھاؤ جنازہ — دیر ہو رہی ہے — '' مجمع میں ایک ہلچل ہوئی۔

''نہیں — ٹھہرو — ایسا نہ کرو۔ مجھے دیکھنے دو۔ مجھے کچھ بھی دکھائی نہیں دے رہا ہے۔ سنو — خدا کے لئے۔ انہیں ابھی نہ لے جاؤ۔ سنو!

ذرا ٹھہرو۔ میرا ابھی دم نکلنے کو ہے — مجھے بھی — مجھے بھی ان ہی کے ساتھ — مجھے بھی — '' اس کی آواز آہستہ آہستہ ڈوبتی گئی۔ اندھیرے کا وہ پہاڑ جس سے وہ ہمیشہ لڑتی آرہی تھی اس زور سے اس پر ٹوٹا کہ وہ چکنا چور ہوگئی۔

بہت دیر بعد — کسی نے اس کے منہ پر پانی کے چھینٹے مارے۔ اس نے آنکھیں کھول دیں۔ اس کی بیٹیاں اس پر جھکی ہوئی تھیں۔

''بیٹا — سنو۔ انہیں روکو۔ تمہارے بابا — تمہارے بابا۔ انہیں روکو۔

روکو انہیں — روکو۔ نہیں تو مجھے بھی — ''

کسے روکیں اماں — کہاں کے بابا — ! سنبھالو خود کو اماں — بابا کو گذرے تو ایک سال بیت گیا۔

☆☆